DU MÊME AUTEUR

Aux Éditions Verticales

Des néons sous la mer, *2008; « Folio » n° 5090*
Mélo, *2013; « Folio » n° 6097; prix Franz-Hessel 2013*
Je suis capable de tout, *2016*
BettieBook, *2018*

Chez d'autres éditeurs

Frantz Fanon, *avec le dessinateur Romain Lamy, La Découverte, 2020* récits B

frédéric ciriez

récits B

verticales

À la femme de cristal
À Es-Safir

Locomotif

Le mercredi 8 avril 2020, j'ai longé les rails qui vont de la gare de Paimpol à celle de Pontrieux, à une quinzaine de kilomètres, par-delà l'estuaire du Trieux et la forêt littorale couvrant la majeure partie des hameaux de Lancerf et Penhoat. J'ai regardé partir le TER de 6 h 55, ses feux rouges s'éloignant peu à peu à l'arrière de la rame unique, puis je suis descendu sur la voie et j'ai pris sa place. La nature sortait à peine de sa nuit polaire, transparente et glacée. J'ai franchi un premier passage à niveau à la sortie de la ville. Les barrières n'étaient pas encore levées et des voitures continuaient d'attendre des deux côtés. Je les ai dépassées et j'ai marché, serré dans mon Perfecto blanc.

Je pensais arriver à destination en fin de matinée, y déjeuner et rentrer en train. Sur place, j'appellerais Jacky Runan, parieur amateur et chineur de livres qui me devait de l'argent. Je ne lui ferais cependant signe qu'au dernier moment, ne voulant pas me couvrir de ridicule en cas d'échec. Car j'étais encore loin de mon but. Je n'en étais qu'à quitter Paimpol, escorté par des rails sur une ligne à voie unique prise dans une grande torpeur blanche, à quelque 5 km/h de moyenne, sans rien devant moi, sans rien derrière. Par précaution j'avais noté l'horaire des trains qui circulaient ce jour. J'étais ainsi en capacité – comme disent les incapables – d'anticiper leur surgissement. Malgré le froid je transpirais déjà et ma bouche expulsait de gros nuages de vapeur.

J'ai suivi la voie ferrée qui longe tout d'abord la départementale menant au bourg de Plounez avant de le contourner. Puis je suis passé sous la D 786 couverte à cette heure d'une masse nerveuse de véhicules satellisés sur la courbe routière au-dessus de l'estuaire, face au pont suspendu de Lézardrieux, Golden Gate local.

Soudain le fleuve, scintillant, large, débordant de ses berges en raison d'une forte marée. J'ai sorti la Thermos de café de mon sac à dos et posé mes lèvres sur le bouchon-tétine sans cesser d'avancer.

Je suis parvenu au premier arrêt de la ligne régulière, la halte de Lancerf. La gare, avec sa façade de demeure bourgeoise isolée face au fleuve, a été reconvertie en gîte rural et offre désormais le bénéfice d'un quasi-service de train à domicile. La desserte semble posée sur la grève, avant le bois, dont elle constitue l'avant-poste sur « le territoire des cerfs ».

Vertige des âges et des usages, qui ont englouti le passeur de jadis en charge du bac entre les deux rives. Quelques voiliers amorphes. L'abri de quai était désert, juste une dizaine de chauves-souris endormies ou mortes. Je suis passé, comme le fleuve, comme le temps, comme le train, et j'ai continué mon trajet.

Une publicité sur un panneau en bois planté dans un champ : « PIERRE-YVES, GUÉRISSEUR DE L'EXTRÊME ». Lettres blanches sur fond noir orné de flammes. Je ralentis, enregistre le 06.

La plus fantasque et la plus lapidaire des histoires de train, je l'ai découverte il y a une dizaine d'années sur le site de l'écrivain spécialiste des tueurs en série Stéphane Bourgoin, libraire d'anciens à l'enseigne parisienne Au Troisième Œil, aujourd'hui fermée, qui à l'époque mettait en ligne des faits divers du monde entier. Le bibliophile a depuis confessé sa mythomanie. De mémoire : « USA. Alors qu'il cherche de nuit un train fantôme sur une voie désaffectée, il est heurté par un vrai train. »

Les rails, le ballast, le fleuve, les rails, le ballast, le fleuve, les rails, le ballast, le fleuve.

Tandis que le soleil éclabousse les écorces étincelantes et les feuillages en mouvement, je pense à cet ancien collègue de travail qui me disait ne voyager qu'en train, partout dans le monde, même dans les pays les plus vastes où il eût été plus logique de prendre l'avion sur les lignes intérieures, et qui un jour, sans faire la relation, m'a confié que son père s'était jeté sous un train de marchandises. Je l'imagine parfois, solitaire, à l'étranger, immobile sur son siège et parcourant des contrées inconnues, les yeux sur le paysage, roulant sur le corps absent du père, sur le ballast au long cours, sur l'infini linceul de pierres éblouies par le souffle et le hurlement de la motrice.

Devant moi, la voie ferrée. Affirmative et claire.

Je me suis arrêté à l'orée d'un champ. Ahhhhhhhhhhhh !!!!
Ma verge tremblait et mon cœur tremblait et mes mains et mes dents. Deux vaches ont tourné la tête vers moi, saisissant peut-être la douleur de pisser sur la clôture électrifiée de leur enclos pervers.
J'ai soudain eu peur de mourir d'une mort ridicule, par électrocution urinaire, avec dans mon portable le 06 du guérisseur de l'extrême, et que cela se sache.
J'ai repris mon périple, d'abord sonné, puis ragaillardi et même… dopé.

Après la gare de Lancerf, les rails s'enfoncent dans une végétation plus dense. À ma droite, le fleuve, majestueux, hors de son lit ; à ma gauche, en surplomb, la forêt enchantée, penchée sur la voie, m'appelant peut-être. J'ai continué sur deux kilomètres sans penser à rien, libre dans ma progression, shooté à la chlorophylle. Je me suis souvenu de cet adolescent en colonie de vacances dans la région au mitan des années 80, qui s'était séparé de son groupe et marchait seul le long de cette voie, sur cette même portion, alors qu'il écoutait son Walkman à plein volume sans entendre la micheline qui allait le tuer. Je me suis arrêté. J'ai considéré le silence, puis je me suis penché sur les rails et j'ai collé mon oreille sur l'acier glacé : nul TER à l'approche. Je suis reparti en marchant plus vite.

Mes pieds de cuir noir, l'ensoleillement froid, mes pieds de cuir noir, le ciel rectiligne, mes pieds de cuir noir, les planches humides et les rails luisants, mes pieds de cuir noir, le soleil qui enflamme le catadioptre sur mon bras, mes pieds de cuir noir, qu'a donc pu devenir ce militaire masochiste qui se vantait au comptoir du bistrot d'avoir pour plaisir suprême une marche rapide de cinquante kilomètres avec pour simple récompense, au bout du calvaire, un café ?

Fantasme ferroviaire japonais : C'est une femme. Elle n'a plus de jambes. Elle rampe, les lèvres et les yeux mi-clos, le sexe ouvert sur le rail qui file à l'horizon, au crépuscule.

Les rails, le ballast, le fleuve, les rails, le ballast, le fleuve, les rails, le ballast, le fleuve, l'imagination, les souvenirs.

Sujet : « Le train file comme une métaphore », *Annales de français du brevet des collèges, académie de Rennes, 1986.*

Micheline repose sous la neige. Des flocons lents tombent verticalement sur son corps de métal à bandes rectangulaires rouges et jaunes. Sa bouche carrée bée sur des gencives de moleskine bordeaux et laisse s'échapper les passagers frigorifiés (chauffage HS). Micheline est garée voie 2, pieds nus : vingt roues pétrifiées, cachées sous le niveau du quai. De la vapeur d'amour sort de sa tête à propulsion diesel. Son cœur motorisé est bouillant après le transport des voyageurs perturbés par ce type de précipitations, inédites dans les Côtes-du-Nord. Tout à coup il n'y a plus personne à bord. Neige rapide sur la carcasse tremblotante. Nature industrielle morte aux yeux hépatiques, puis éteints. Si, il reste un passager indécis entre ses lèvres : lui semble ne pas vouloir partir. Il est vêtu d'un manteau en laine à damiers noir et gris et fume une cigarette roulée avec du tabac Ajja17.

Oh Micheline, Micheline, il faudrait que ta bouche ne se ferme jamais pour perpétuer cette carte postale de la jeunesse !

Les rails, de nouveau, sûrs, tangibles, objectifs. La vie des rails – *la vie déraille*. Qu'eût tiré de cette possible rubrique journalistique le critique d'art anarchiste Félix Fénéon, maître ès faits divers au quotidien *Le Matin* en l'an 1906 et célèbre auteur des *Nouvelles en trois lignes*, qui synthétisa mieux que personne l'événement aberrant en quelques lignes de fuite ? Des *Nouvelles en trois rails* peut-être.

Un fait divers n'arrive qu'une fois, surgit et s'oublie. Une affaire s'installe et obsède.

— Et que fait ton père dans la vie ?

— Il est cheminot.

— Il est aussi pieux que toi ?

— Non.

— Qu'est-ce que tu vas faire de ton week-end à Béthune ?

— Voir des amis peut-être, et surtout réviser mes cours, on a plein d'examens en ce moment.

— C'est Dieu qui t'a mis sur notre chemin en gare de Charleville.

— Dieu rassemble ceux qui s'aiment, je l'ai toujours pensé.

— Tu es logée dans une cité universitaire ou tu as une chambre en ville ?

— J'ai une chambre dans une institution religieuse.

— Tu rentres dimanche soir ?

— Oui, avant le dîner.

— On se reverra bientôt, je l'espère.

— Ce serait bien.

— Ce serait formidable.

— Monique et Michel, je suis tellement contente de vous avoir rencontrés.

— Tu es déjà allée en Belgique ?

— Non, mais j'aimerais !

— On pourrait aller à Charleroi. C'est une ville injustement méconnue.

(Et nous te tuerons, naïve Jeanne-Marie Desramault, vingt et un ans, et nous t'enterrerons dans le parc de notre château ardennais du Sautou… Macabre projet qu'accomplirent Michel Fourniret et sa compagne Monique Olivier en mars 1989. La mère de l'étudiante mourut en 1993, sans connaître le destin tragique de sa fille unique, incompréhensiblement disparue. Le tueur en série décida d'avouer le meurtre en 2003. Après le procès, on vit à plusieurs reprises le père errer dans le train que Marie-Jeanne empruntait régulièrement, montrant aux passagers la photo de son enfant, racontant son infortune à qui voulait l'entendre. Je pense souvent à ce crime. Certainement pour l'exemplaire cruauté de son scénario, mais aussi – c'est l'hypothèse de mon hypnothérapeute – parce qu'une ancienne camarade de lycée, prise en stop par un routier pour rentrer chez elle un vendredi soir après sa semaine de fac, n'est jamais arrivée à destination.)

Prochaine station, la maison de l'estuaire : désignation touristique simple et angoissante comme la promesse d'un film d'épouvante. J'en approche à vive allure, sous des frondaisons de chênes et de fougères. Si j'étais cinéaste et non train fantôme, je prendrais pour décor cet ancien manoir assis sur une berge du Trieux, aujourd'hui propriété du Conservatoire du littoral, hier de Pierre Quéméneur, conseiller général du Finistère et négociant en bois dont la disparition en 1923 valut le bagne à Guillaume Seznec, accusé d'assassinat. La rumeur a longtemps dit qu'il aurait pu enterrer le corps dans le bois, tout près de cette bâtisse qu'il avait promis d'acheter à son malheureux compagnon d'affaires. La halte de Traou-Nez la surplombe et permet d'y accéder, là, juste après le virage, noyée sous les feuillages. Un voyageur attend sur le quai, assis sur un muret en pierre…

Oh non, pas lui !

— Hello, Robert.
— Oh putain… toi !
— T'attends le train ?
— J'en descends.
— Je vais à Pontrieux, tu montes ?
— Pontrieux…
— Tu montes ou pas ?

— Je te dis que je viens de descendre. Tout à l'heure, si tu repasses peut-être.

— Je repasserai pas. Aller simple.

— Ça fait un bail, Fred.

— La dernière fois, c'était… quand c'était?… Je sais quand c'était: tu partais en stop à Bégard pour un concert des Landru.

— Les Landru… J'en ai fait des concerts à Bégard.

— Tu circulais pas mal à l'époque.

— Toujours.

— T'es de quelle année?

— 63. Et toi, Fred?

— 71. Robert… Tu les suis encore?

— Qui ça?

— Ben eux. Tu sais bien qui.

— Plaisir de te voir, amigo…

— Moi aussi, Robert.

— … mais les choses ont changé.

— Normal.

— Ouais, les choses ont changé. Et moi je peux enfin dire qui je suis.

— Qui es-tu, Robert?

— Fais pas l'innocent.

— Robert…

— Tu le connais mon nom de famille?

— … Kerhervé.

— Ça, c'est sur les papiers.

— Alors?

— Tu le sais très bien. J'aime pas ton petit air. Quand tu dis Robert, j'entends ce que tu veux pas dire derrière.

— Détrompe-toi, Robert. J'ai toujours sous-entendu Smith quand je dis Robert. C'était comme ça hier et c'est comme ça aujourd'hui.

— Toujours pareil avec les mecs comme toi. Je t'ai pas vu depuis des plombes, la dernière fois c'était au rayon spiritueux à l'Inter de Plouézec. On se croise et tu continues de faire comme si tu savais pas.

— Robert…

— Oui, Robert, Robert, Robert, Robert Smith, je me cache plus.

— Je sais qui tu es, je voulais pas te contrarier.

— Tu fais le train, tu marques l'arrêt à Traou-Nez, je te dis que je veux pas monter et t'es pas foutu de repartir… Le TER, si personne lui fait signe, il s'arrête pas. Pas de zèle au travail, je t'ai connu plus tire-au-flanc.

— OK, Robert, c'est pas grave.

— Toi et ta bande vous me respectiez pas quand The Cure était pas encore assez connu. Vous frimiez en écoutant Magazine. Fini tout ça.

— C'est des idées que tu te fais, t'as toujours été un pote, Robert.

— Non non vous étiez jaloux de mon groupe.

Ce cinglé ne plaisantait pas. Malgré les années je l'avais reconnu tout de suite, vieilli, les yeux gonflés par les neuroleptiques, le visage poudré, une cigarette fumant entre ses doigts jaunâtres, les ongles longs, avec la même posture de statue blême ou de corbeau à l'arrêt. Rien à faire, je le retrouvais identique à lui-même, en plus fou, et dégradé. Il n'était plus simplement un fan de la première heure des Cure, il était Robert Smith en personne. Ainsi avait-il franchi le millénaire. Il puait l'eau de toilette industrielle allemande et s'était fait beau, dark de la tête aux chausses. La veille il avait dû passer chez le coiffeur, avec des pattes et des tempes rasées très nettes et surtout une teinture noir de jais des grands jours. Jeune il avait le pétard des gothiques, là, c'était plutôt le Robert Smith des débuts, avec les cheveux courts, avant le Prozac et les joues de bébé. Robert… Le jour où j'ai pigé qu'il ramerait toute sa vie, c'est quand au collège, un matin où il devait repeindre le préau en bleu de travail avec son nouveau statut de TUC – Travail d'Utilité Collective –, il était redescendu de l'escabeau à l'heure de la récré en plongeant un pied dans le pot de peinture blanche… Tout le bahut rigolait, un corbeau au pied blanc, humilié par l'emploi et banni par la gloire.

Il avait pris ses distances avec la société à force de s'enfiler des acides qui lui déchaussaient les dents. Au bistrot, son grand jeu c'était d'inspirer à mort, la bouche en cul-de-poule, en te regardant droit dans les yeux… puis il ouvrait le bec lentement et saignait avec fierté. Il faisait remonter ses délires schizoïdes à un cacheton pris dans le métro à Paris – « panne de courant, tout s'est mis à clignoter ». La suite, ça n'avait plus été cacheton sur cacheton, mais HP sur HP, avec une piqûre d'antipsychotique dans les fesses une fois par mois pour la paix sociale.

Entre autres bons souvenirs à ses côtés, il me revient une cuite un après-midi au comptoir du café Le Loti avec des mousses anglais de la Royal Navy – je ne sais plus ce qu'ils foutaient là. Il essayait de leur chanter des tubes des Cure comme « 10:15 : Saturday Night » ou « Killing an Arab », mais les mecs hilares ne comprenaient rien et lui payaient des verres pour qu'il continue son tour de chant, comme un juke-box. Il avait un tempérament parano. On s'en amusait sans se rendre compte des flips qu'on lui infligeait. « Robert, les skins de Saint-Brieuc te cherchent, ils ne supportent pas The Cure et veulent te tuer… »

— Je peux te demander un truc ?
— Vas-y.
— Tu attends quoi ?
— J'attends quoi ?… T'es contrôleur SNCF ? Parce que le contrôleur, il demande jamais aux passagers ce qu'ils vont foutre là où ils vont… Alors me demande pas ce que j'attends.
— OK, Robert, je te fous la paix. Un disque en préparation ?
— Ça se dit pas…
— Je te laisse.
— Tu sais ce qu'il y a aujourd'hui ?
— Ben… non.
— C'est son anniversaire.
— À qui ?
— À ma chanson.
— Laquelle ?

— Devine…

— J'ai plus douze ans. Attends… Je sais pas.

— Cherche, Mister, cherche. Si je te dis… *Train.*

— *Train… Train…* Ça y est : « Jumping Someone Else's Train » ! Trop fort ! Le hasard objectif ! On devait se rencontrer aujourd'hui !

— Vaniteux, tout faux. Non, ça c'était en novembre 79, mon troisième single sur 45 tours. Un… *non-album single.* Faut que tu revoies tes classiques. File à Pontrieux écouter Trust.

— C'est quoi alors ? Donne un indice.

— Un morceau sorti le 8 avril 1980, pile quarante ans aujourd'hui. En face B, « Another Journey by Train »… T'as trouvé ?

— Tu m'en demandes trop.

— 1980, c'est…

— … *Seventeen Seconds* ! Donc… Donc… Oh j'y suis : « A Forest » !

— Right !

— Tu es à Traou-Nez à l'entrée du bois pour l'anniversaire de ta chanson ! Énorme, Robert ! J'ai toujours su que t'étais pas comme les autres !

— Tu l'aimes ma chanson ? L'un de mes premiers singles.

— J'adore !

— *Come closer and see / See into the trees…*

— *Find the girl / while you can…* L'une de tes meilleures chansons.

— Je sais. L'une des plus simples, la plus forte peut-être… C'est Mike Hedges qui nous avait produits… Batterie sans réverb' super sèche, super précise, aucun effet spatial… On avait carrément mis des micros à l'intérieur des fûts… Innovation totale, avec une batterie clinique qui sonne limite boîte à rythme… Riff mortels, avec les accords arpégés de Lol Tolhurst… Ligne de basse démente de Simon Gallup… Synthé planant, drivé par les doigts de fée de ce sacré Matthieu Hartley… Couche mélodique sur couche mélodique, un son simple, minimaliste, hyper détaillé…

— La classe…

— Ouais. Chaque instrument à sa place, rien qui te pollue le reste, ni puissance ni fusion.

— Et ta voix !

— Effet *delay*, mes mots pris dans une chambre d'écho.

— T'étais au top.

— Le son est toujours au top, super actuel, pas démodé du tout.

— L'un des meilleurs titres du rock gothique, *ever*.

— Du rock tout court. Je peux te dire un secret ?

— Au point où on en est…

— Elle m'a appelé.

— Qui, elle ?

— La fille. La fille de la chanson… Elle est là.

— Là ?

— Dans la forêt. Elle m'a appelé pour fêter ses quarante ans.

— Et… qu'est-ce que tu vas faire ?

— Je vais y aller. Elle m'attend. Dans le bois.

— Et… tu vas y aller, seul ?

— Oui.

— Et… tu connais le bois ?

— Non.

— Et… tu dors où ce soir ?

— À Bégard si je rentre à l'HP, à Paimpol si je rentre pas. J'ai pas envie de rentrer.

— Et du coup… du coup… tu voudrais pas aller dans le bois avec moi en mode… train ?

— En mode train ?

— En mode… Train musical… En mode ta chanson… « Another Journey by Train ». T'aurais plus de chances de la retrouver.

— Tu crois ?

— Évidemment. Je connais la forêt… toi, la musique. Tu doubles tes chances.

— Je t'ai jamais trop fait confiance, Fred.

— Allez, mets-toi derrière moi, les mains sur mes épaules.

— Je suis pas là pour faire la chenille, les paluches posées sur ton Perfecto.

— Accroche-toi.

— Aïïïïïïïïïïïïïïïïïïïïïïïïïïïïe !

— C'est rien. De l'électricité statique.

— Remets tes mains sur mes épaules, y a plus de danger.

— Sûr ?

— Sûr.

— Comme ça ?

— Comme ça… Tchou-tchou !

Nous roulons dans une société d'arbres, cour de pins maritimes de trente ou quarante mètres de hauteur. Seigneurs immobiles, en majesté séculaire. Nous avançons en cadence sur les pentes boueuses et les plateaux étagés de la claire forêt, non loin du fleuve côtier que nous suivons à distance (je pense soudain aux saumons, à l'instinct de naître et de mourir dans le même cours d'eau, à l'éclosion printanière des œufs par millions dans les frayères immergées, à la vie naturelle glacée ; à mon déjeuner à Pontrieux). 8 Avril. Une pluie de pollens tombe sur nos silhouettes mobiles et constitue au sol un matelas jaune aux allures de cristaux de soufre. Parfois, rapide et lourde, une masse plus concentrée s'abat sur nous. S'abat. Sabbat. Silence du rut dans la forêt verticale. Régulièrement je m'ébroue. Je suis la motrice et Robert le wagon qui chantonne au néant les paroles de son tube gothique de 1980, comme s'il cherchait des chatons égarés – petit petit petit. *Come closer and see / See into the trees // Find the girl / while you can.* Des lames de lumière plongent sur nous telles les épées du prestidigitateur dans une malle de spectacle. De temps à autre mes bottines martiales s'enfoncent dans des flaques saumâtres et des matières en décomposition sous l'effet du dégel, puis sont lustrées par une assemblée de fougères, petite noblesse forestière aux réflexes courtisans. J'aimerais parler aux arbres. J'aimerais être allemand et parler aux arbres comme Otto von Prizenburg, l'auteur du best-seller *Acheminement vers la parole des arbres.* J'entendrais leurs cris et leurs secrets. Je leur confierais les miens, qu'ils ne pourraient divulguer à l'espèce humaine, commère perfide. À l'arrière, Robert tient le rythme et chantonne, magnétisé, éperdu, amoureux de l'ombre qu'il pense avoir créée. *Come closer and see / See into the dark // Just follow your eyes / Just follow your eyes.*

— Là, Robert, là, la fille est là !
— Où ?
— Là !
— Où, bordel ?!
— Trop tard, elle a disparu.
— Non ! Quarante ans que j'attends ça ! Comment est-elle ?
— Une blonde… glam rock… avec une mini-robe en vinyle rouge super courte et des lunettes noires. Oh la la, elle a voulu nous faire signe !
— Suis-la !
— D'accord mais me lâche pas, tu saurais pas rentrer.
— Je te dis de la suivre !
— *Jumping someone else's train* !… On accélère ! Tchou-tchou !

Et nous marchons vite. Derrière moi, Robert. Ciel astral : rocker, ascendant goth. Avec Soleil en Lune noire. Et nous courons presque. Et nous continuons notre périple ferroviaire dans les vapeurs génitales et les pluies reproductives de la forêt illuminée où nous nous enfonçons, cuir noir cuir blanc, loin du rivage que je ne devine plus. Depuis plusieurs minutes, les pollens nous assaillent en suivant les trajectoires aléatoires que leur impose le vent qui vient de se lever. 1980-2020 : tombeau pour une forêt avec jeune fille fantôme. *Find the girl while you can.* Nous n'avons pas retrouvé la trace de la Belle Dame sans mercy (elle n'existe pas), mais Robert, les mains sur mes épaules, est certain qu'il La rencontrera enfin. De lui, nulle vision (c'est un wagon), seulement sa voix. *I hear her voice / Calling my name // The sound is deep / In the dark.* Les arbres bougent. Ils se balancent lentement. Je lève les yeux : les hauteurs vacillent et s'épanchent dans un poudroiement jaune. Poteaux de rugby occultes, par milliers. Vertige animé. Le bois ressemble de plus en plus à un after dans un club. Je l'appellerai Bois-Club. Ou… Afterwood, pour ceux qui connaissent les dessous de la langue anglaise. Un club en mouvement, le plus grand club du monde, la plus grande piste du monde, non pas déserte mais surpeuplée de danseurs muets, géométriquement disposés sous les clins d'œil solaires et les confettis séminaux. Avec Robert himself et moi en guests pour l'attraction bizarre, tchou-tchou ! *I hear her voice / And start to run // Into the trees / Into the trees.*

— Je l'ai entendue !
— Toi aussi ?
— Par là l'écho !
— Non, par là !
— Oui, par là !
— Elle veut nous emmener quelque part.
— Elle sait où nous sommes.
— Elle a de l'avance.
— Nous n'avons pas de retard.
— C'est un rendez-vous.
— *Find the girl while you can.*

Je propose à Robert de stationner quelques minutes au sommet d'un coteau détrempé, l'entends sussurer «*okay, boy*» en soufflant comme un bœuf. Je ralentis. Le cortège s'ébranle, se disloque, se fige. *Suddenly I stop / But I know it's too late // I'm lost in a forest / All alone.* J'extirpe deux canettes de Jenlain de mon sac de randonneur, les pose sur un tronc pourri que je nomme «bar TER». Robert acquiesce, sa face poudrée dégoulinante de sueur. Nous nous dépollénisons visage et cheveux puis buvons en silence. Hmmm, les bières sont naturellement fraîches dans leur capsule de métal. Il s'allume une Pall Mall qu'il descend en trois taffes. «Tu l'as eu où, ton Perfecto blanc? Moi, j'ai jamais porté de blanc. Mon blanc, c'est le noir.» Je lui pose quelques questions: «Tu recroises les copains? Tu vois ta famille? C'est comment ta piaule à l'HP? Tu bois des coups au Central? On y sait que tu es Robert Smith?» Il répond souvent non. Autour de nous les arbres continuent de se balancer, muets, hauts, supérieurs. Sur la souche humide qui supporte le bar s'aperçoivent des fleurs de droseras, neuves, scintillantes, humides au sommet de leurs tentacules où gisent des mouches en décomposition, engluées dans les bras acides de la plante carnivore. «La plante préférée de Darwin.» Robert ne répond pas, admire peut-être les rayons de soleil qui butinent leurs extrémités roses. «Ton érudition est morbide mais c'est ça le rock», lâche-t-il avant de finir sa bière. Puis il me regarde comme un enfant, soudain congestionné, et éternue sauvagement une bonne dizaine de fois, en sorte qu'une volée de piafs s'enfuient d'un arbre proche. Il arrache une fougère, se mouche. «Je suis allergique aux pollens… Ah ah ah, atchoummm!» La morve au nez, il est ridicule. «Ah ah ah… atchoummmmmmm!» Et il éternue de nouveau! «Ah ah ah… atchoummmmmmm!» Encore! «Ah ah ah… atchoummmmmmm!» Des phrases nominales pleines de morve! «Ah ah… atchoumm!» Pour une esthétique du ridicule. «Ah ah ah atch… T'as entendu le coup de fusil?» Mon passager ne délire pas. Une détonation. Une autre, sourde, longue, incontestable. Je lève les yeux. Un disque jaune passe au-dessus de nous, éclate. Un autre. Robert a posé les mains sur ses tempes comme si ça hurlait en lui. Un autre. J'entends un ordre de tir: «*Pull!*» Des débris jaunes tombent près de nous. Je regarde: les résidus d'un… plateau d'argile… une cible de… ball-trap. Nous sommes à proximité du ball-trap du Bois. Je connais bien l'endroit, j'y travaillais le dimanche matin quand j'étais ado. Je ne pensais pas qu'on était remontés si haut. Le meurtre rôde mais c'est sans risque: les chasseurs qui se distraient hors saison cynégétique ne font qu'esquinter le ciel. Mieux vaut pourtant se tirer. «*Pull!*» Oh non… «*Pull!*» Maintenant ça pétarade de partout. L'air pue la chevrotine. Peut-être un championnat. Ou un chasseur qui se venge de sa vie. «*Pull!*» Oui, tironsnous.

— Vite, par là!
— T'es sûr?
— Oui!
— Fonce!
— Oh, une biche! Elle détale!

— Où ? C'est la fille !
— Là !
— Où, là ?
— Là !
— Mais où, bordel ?
— Elle s'enfuit, elle voulait nous parler mais elle a flippé à cause des coups de fusil !
— Suis-la !
— Là ! La revoilà !
— Mais où, putain ?
— Là ! Elle repart !
— Vite ! On veut la tuer ! On veut me la prendre !
— Non, on te la prendra pas !
— Roule !
— Accroche-toi !
— Fonce !

Nous fonçons. « *Pull!* » Robert glisse et me rattrape par le bras. Je le retiens mais il pose un genou au sol. Je le relève, de la boue partout sur le jean. « *Pull!* » Nous repartons. Par là ! Vite, par là ! *The girl was never there / It's always the same // I'm running towards nothing.* « *Pull!* » Je l'entends ! Elle m'appelle ! J'ai sa voix en écho ! « *Pull!* » Nous courons. « *Pull!* » Nous courons. « *Pull!* » Sous une orgie de coups de feu. « *Pull!* » « *Pull!* » « *Pull!* » « *Pull!* » « *Pull!* » Disco. « *Pull!* » Disco au Bois-Club. « *Pull!* » Disco à l'Afterwood. « *Pull!* » Sons silhouettes lumières saccades. « *Pull!* » Viagra de chasseurs. « *Pull!* » « *Pull!* » « *Pull!* » « *Pull!* » « *Pull!* » Azur est la cible. « *Pull!* » Rallye forestier. « *Pull!* » Traque sexuelle dans les bois. «*Pull!*» Chasse à courre dans le ciel. «*Pull!*» «*Pull!*» «*Pull!*» «*Pull!*» «*Pull!*» Nous courons. «*Pull!*» Par là! Non, par là! Par là c'est le Trieux! Par là! Par là c'est le château! Elle veut rentrer chez elle! Pas de l'autre côté du Trieux! Si! Pas à la nage! Si! Elle dort au château, elle veut que je la rejoigne! À La Roche-Jagu! Au donjon! Elle m'appelle, elle m'appelle! Nous courons courons courons *and again and again and again and again.* Puis je n'entends plus Robert. Ne sens plus ses mains. Je stoppe net. Robert? Je respire à pleins poumons. Robert? Je regarde alentour. «Robert?» Je l'appelle, hurle son nom. «Ro-bert! Ro-bert! Ro-bert!» me répond l'écho.

*

Où es-tu, Robert? Où es-tu, toi qui as choisi de lâcher mes épaules et de rester dans la forêt? As-tu voulu que je t'aide à te perdre ou à être enfin ta chanson? Ne crois pas que je t'abandonne parce que je ne te cherche pas. Je ne te cherche pas parce que tel est ton choix. J'aurais pu te mener autre part, mais c'est ici que tu veux t'effacer, parmi les arbres, vers rien, vers la fille.

Promeneur, si un jour tu entends chantonner «A Forest» dans la forêt où dansent les pins, pense à Robert et à celle qu'il cherche.

Bas de casse

Lui, le bas de casse[1], c'est Cirier. Nicolas de son prénom. Connu parmi les excentriques littéraires comme le « typographe fou » de l'Imprimerie royale de Paris. Né en 1792 à Dun-sur-Meuse, un village perdu entre Verdun et Sedan, il a été élève au lycée de Reims, a failli finir prêtre, est devenu typographe. En 1828, la vie semble lui sourire : il réussit le redoutable concours d'entrée à l'Imprimerie royale face à dix-neuf concurrents et parvient au rang de correcteur de deuxième classe. Il connaît le latin et le grec, possède des rudiments d'allemand, d'italien et d'hébreu, ambitionne d'ajouter à son polyglottisme le chinois et l'arabe, l'espagnol et l'anglais. Cirier a une soif de connaissances sans limites. En même temps qu'une terrible envie d'accession au statut de correcteur de première classe. Il aimerait dominer le Livre, être le premier de la casse.

En 1831, l'académicien-poète Pierre-Antoine Lebrun prend les rênes de l'Imprimerie royale. En 1833, un certain Audi-

1. Bas de casse ou bdc : lettre minuscule en typographie. Dans l'imprimerie, les caractères mobiles étaient rangés dans des casiers, ou casses, et les minuscules, plus utilisées que les majuscules, se trouvaient en bas de la casse.

guier, son protégé, souffle in extremis à Cirier la promotion escomptée. Sans passer de concours… Sans connaître le latin ni le grec… Vil imposteur. L'ambitieux correcteur ne s'en remettra jamais. Pour l'heure, il rumine, vivant comme une injustice sa stagnation professionnelle. En 1836, il présente sa démission. Loin de s'attendre à ce que celle-ci soit spontanément acceptée par Lebrun. La vie de Nicolas Cirier bascule de nouveau. Il sombre dans ce qu'il appellera lui-même «l'épistolomanie» – comprendre l'acharnement épistolaire. Sa cible: Lebrun bien sûr, source présumée de son échec. En 1839, Cirier lui adresse cent fois la même lettre pour hurler son désarroi face à son éviction, pourtant volontaire, du personnel de l'Imprimerie royale. La lettre, la persécution, le multiple: l'autre nom du copisme paranoïaque dans lequel Cirier s'est enfermé.

La même année paraît son premier grand délire formel, *L'Œil typographique, offert aux hommes de lettres de l'un et de l'autre sexe, notamment à MM. les correcteurs, protes, sous-protes, etc.* Le titre de ce pamphlet est en réalité le sobriquet du chef de la fonderie de l'Imprimerie que Cirier attaque dans une composition insolite mêlant les calligrammes, les caricatures, le français et l'arabe, l'anglais et le latin. Cirier est dadaïste soixante-dix-sept ans avant Dada.

En 1840, il publie son maître-livre, du moins le plus connu dans le milieu des amateurs de curiosités littéraires, de freaks et autre génie de l'art brut textuel, *L'Apprentif administrateur,* sous-titré *pamphlet pittoresque (!), littérario-typographico-bureaucratique, pouvant intéresser toute personne employée, employable, ex-employée,* et réalisé *par quelqu'un de cette dernière catégorie*. Objectif: se payer Lebrun. De quoi s'agit-il? D'un livre-objet d'une terrifiante liberté fait de collages, de papillons, de rébus, de fragments de textes en langues anciennes et modernes, en caractères latins, arabes et grecs… C'est la Babel de papier d'un cœur blessé et d'un esprit qui délire tout autant le sens que la graphie. Cirier, démissionnaire « persécuté », n'est plus correcteur. Il est devenu hors-la-loi de la forme et de la langue, prêt à casser le langage pour se venger de son ancien directeur et affirmer sa toute-puissance sur le Livre.

Certains exégètes de l'œuvre du typographe font remonter à ses années de séminaire son goût pour la justice sociale, sa ferveur envers les dominés, dont, narcissiquement, lui-même. Les années passent. Cirier ne change plus. En février 1848, lors des journées révolutionnaires, il compose une *Marseillaise typographique* et défile avec les ouvriers du livre en brandissant le drapeau de la corporation parisienne. Le 25 mars de la même année, enflammé par le contexte politique, il se rend à l'Imprimerie royale pour provoquer Lebrun en duel. L'académicien ne donne pas suite. Un mois plus tard, Cirier publie *Justice!*, un brûlot contre Lebrun, qu'il n'a pu corriger. En 1850, le typographe change de cible et publie *L'Hortographe rhendhue phacilhe*, oubliant quelque peu Lebrun qui a depuis quitté l'Imprimerie – non plus « royale », mais « nationale » –, s'attaquant à présent à l'arbitraire des mots, qu'il entend simplifier.

Désormais, le seul adversaire à la mesure de Cirier, c'est le langage lui-même. Il l'affrontera dans de nouvelles plaquettes visant de cocasses ennemis, dont le baron Brisse, chroniqueur gastronomique du journal *La Liberté*. Cirier lui règle son compte en 1867 dans une *Brisséide* d'où saillent des rubans de commentaires, comme des tripes. Mais le quotidien matériel du typographe, c'est surtout une errance d'atelier en atelier. Jusqu'à sa mort, en 1869.

Qu'est devenu Cirier ? André Blavier nous apprend dans son maître livre *Les Fous littéraires*, à la section « Persécutés, persécuteurs et faiseurs d'histoire(s) », que le révolté partage son cercueil avec son chien Boute-en-train. Le médecin bibliophile Jean-Paul Fontaine complète l'information : Cirier est en terre au cimetière du Montparnasse et trois cents typographes l'y menèrent. Voilà pour le corps du roi. Quant au corps du Livre, en l'occurrence *L'Œil typographique*, on le trouvera rangé parmi les « trésors » de la bibliothèque municipale de Reims, aux côtés de bibles et de manuscrits enluminés du Moyen Âge. Au même rang finalement que les archives de Guy Debord à la Bibliothèque nationale.

La postérité « littéraire » de Cirier a en partie été assurée par Raymond Queneau, qui le cite dans *Les Enfants du limon* (1938) à travers la figure d'un proviseur collectionnant les œuvres de quelques excentriques du langage. De fins esprits se sont également intéressés à sa figure, comme son confrère correcteur d'imprimerie Didier Barrière[1] et à sa suite la psychanalyste Sophie Aouillé[2], qui ont bien senti

1. *Un correcteur fou à l'Imprimerie royale : Nicolas Cirier (1792-1869)*, Éditions des Cendres, 1987.
2. « Tenir la lettre », in *Essaim*, n° 7, 2001.

la force de (dé)composition du typographe élu, c'est-à-dire déchu.

Cirier a aussi, assez logiquement, suscité l'intérêt des Pataphysiciens et connaît désormais les joies de la vie encyclopédique *on line.* Une exhaustive fiche Wikipédia rend ainsi hommage à celui qui fut hypertextuel avant l'heure en épuisant à sa manière furieuse les possibilités physiques et fonctionnelles de l'« objet-livre ». Ses excentricités majeures sont publiées aux Éditions des Cendres, sises à Paris, dans le XXe arrondissement, rue des Cendriers. La casse « fous littéraires » où on le range traditionnellement, catégorie quelque peu condescendante, ne suffit pas à l'éclairer entièrement. Il est surtout le héros négatif d'une vaste et fantaisiste œuvre noire mettant en scène l'écriture elle-même. Chez lui, les digues de la Loi graphique et sémantique ont sauté, comme plus tard celles de l'imaginaire chez Raymond Roussel, autre puits sans fond, autre élu – non point laborieusement sur concours mais par la grâce du rayon cosmique qui le toucha l'année de ses dix-sept ans. L'année où meurt Cirier, Mallarmé commence *Igitur*. Signe des temps, la religion du Livre a ses prélats et ses mystères d'un point à l'autre de l'échiquier métaphysique et social.

Le Livre comme drame et roman noir, donc.

ADMINISTRATEUR = MAINS DU TRAÎTRE

Braquage ! Contrat ! Cible ! Justification anagrammatique du mobile ! Sabbat public ! Témoins ! Guenilles de papier ! Ouvriers, voleurs et oubliés ! Déclassés ! Terre promise !

RÉCITS B

Exclusion ! Orgie dans l'infernale permutabilité des lettres ! Ontologie des misérables ! Un est zéro ! Prière d'imprimer ! Nous nous plaindrons ! Même sans réponse ! Jusqu'au bout !

bas de casse = Vengeance Capitale.

Où est Satan ?

1

Quelqu'un parle seul sur la place poussiéreuse et bondée, debout sur une palette de sodas Selecto, numéro 1 en Algérie. L'homme est vêtu d'un costume noir élimé, porte pieds nus des mocassins en similicuir. Il mène un discours sans auditoire, menace, hurle qu'il faut l'écouter. Se tait. Marmonne. Passe une main sur sa nuque, dans ses cheveux cendrés, sur son front en sueur. Ouvre de nouveau la bouche (un diastème s'aperçoit entre ses incisives immaculées – les dents du bonheur). Se tait. La foule hagarde piétine ses yeux. Il s'autorise une nouvelle prise de parole, promet que dans les temps à venir… car sa « situation » et la leur… il a « des preuves » !… Mécontent de son insuccès, il lève l'index : « Ce qui doit arriver arrivera ! » Il saisit une bouteille de soda disponible à ses pieds, la brandit dans l'axe du Soleil. Soudain hilare, il s'asperge le haut du crâne d'un liquide couleur de thé qui scintille et tremble. Il jette la bouteille, scintille et tremble à son tour. Un vide sanitaire s'est fait autour de lui, autour du mirage vaporeux qu'il est désormais. L'homme trempé considère de nouveau la foule. Acquiesce lentement. Puis cherche quelque chose non plus dans le miroir du peuple mais dans une poche de son pantalon. Un Zippo chromé apparaît entre ses doigts, qu'il exhibe comme une menace mesquine. Hein. L'allume. Prend feu. Fond.

Le voyageur promène son index sur le pavé tactile du Mac Air dans la zone classe Affaires de l'Airbus A320. Il allonge ses jambes, cherche la barre de contrôle du player diffusant le film *Immolation*. Il repasse la scène au ralenti, en avant, puis en arrière, décompose les gestes de l'acteur à des vitesses différentes, se concentre sur les couleurs saturées du brasier final. Puis son visage juvénile pivote à 90 degrés. À sa droite, par le hublot, ses yeux glissent sur une mer de nuages ensanglantés. Le film est désormais dehors. Dans le moutonnement immatériel du ciel au crépuscule. Dans la production de cotons imbibés de lumière cosmique. Dans la lenteur silencieuse d'un déplacement à 880 km/h sur Aigle Azur. Dans la mémoire immédiate et plaisante d'un petit film de genre.

Il se pose à Alger les yeux engourdis, intercontinentaux. Le soir est visqueux, sucré. Un chauffeur l'attend à la sortie de l'aéroport. Attend « Slimane Chambaudie » comme écrit sur sa pancarte.

Rocade nord. Bord de mer enténébré, sidéral, invisible.

Des Chinois travaillent dans l'enceinte de la nouvelle Grande Mosquée. Leur lampe frontale balaie lentement l'édifice, sans ordre logique apparent, comme des esclaves, ou des vers luisants.

Il baisse la vitre, filme les ouvriers avec son iPhone.

Inhale l'obscurité liquide.

Puis il sort une main du véhicule, la laisse choir contre la portière, enregistre au téléphone les métamorphoses du parcours, le lacis des rues désertées.

Quelques hommes solitaires, lents.

Les hauteurs de la ville, étourdies de jasmin et de nappes stagnantes de gaz d'échappement.

La voiture décélère.

2

L.I. von Vackt, le chanteur de The Kult of SatanâchiîA, s'avance sur scène sous une lumière mauve, adressant un signe de tête aux disciples amassés dans l'obscurité de la fosse. Ses cheveux sont dénoués, tombent de chaque côté des épaules à partir d'une raie centrale nettement dessinée ; son visage est blanc, fardé, ses lèvres noires, et chacun de ses yeux pris dans un triangle de maquillage également noir.

Corpse paint, peinture de cadavre.

Il fixe le public, s'empare du micro, lève un index, commence à psalmodier d'une voix rauque un message difficilement compréhensible – menace, malédiction, prophétie. Son corps est serré dans une tenue de cuir. Au-dessus de sa main droite, haute sur le manche de la basse, s'épanouit autour de l'avant-bras un hérisson à longs piquants de métal, tandis que l'avant-bras gauche, sur la caisse de l'instrument, exhibe en contrepoint un simple bracelet à clous. Le chanteur cesse son incantation et dit d'une voix limpide, douce, quasi maternelle : « *Good evening people of darkness... A special hello to Slimane Chambaudie, a great french horror film maker among us for the show.* » Puis le cône de lumière quitte la scène pour se concentrer sur le réalisateur soudain objectivé – casquette, polo, jean Haute Couture –, et il se sent observé, désiré de toutes parts sans pouvoir cependant distinguer la moindre prunelle brillant dans le noir – juste quelques crépitements de flashs, quelques yeux blancs qui s'allument et s'éteignent... Et de nouveau la lumière ruisselle sur L.I. von Vackt, dont la voix gutturale suramplifiée domine les hourras du public, portée par les premiers riffs du guitariste au même visage de cadavre, soutenue par la rythmique bestiale du batteur, qui lui flotte sous un sweat noir, la face ahurie, peinte également, comme fuyante, ou liquide, évoquant le masque de l'assassin de *Scream.*

Where is Satan ? Where is Satan ? Where is Satan ? hurle soudain le chanteur, repris en chœur par ses inconditionnels en transe. Dans la pénombre de la salle, ils semblent génériques, mondiaux – les mêmes d'Oslo à Alger, du Hellfest de Clisson, à minuit, au centre culturel Riadh El Feth où le groupe se produit ce soir. L'homme du 7e art promène des yeux écarquillés sur les silhouettes stroboscopiques. Avec ses congénères de circonstance il cherche également le diable autour de lui, happé par la dramatisation du show, par celui qui hurle toujours plus fort : *Where is Satan ? Where is Satan ? Where is Satan ?* Le réalisateur sourit. Sort son iPhone comme un crucifix à strass pour filmer la messe noire. L.I. von Vackt se tient à présent au bord de la fosse, sous un rayon opalescent, puis écarlate. Comme s'il aspirait la Lune avant de boire son sang. Une fois repu, le chanteur se met à dodeliner de la tête face aux créatures implorantes qui suivent ses *head bangs*, leurs cheveux se balançant mollement, saules pleureurs du jardin des morts, balançoires sans enfants. Il se penche de plus en plus, prêt à tomber dans le public, apparaît dans l'iPhone de Slimane Chambaudie non comme un mort-vivant voire une curiosité pathétique, mais comme une incarnation globale – messager planétaire du *black metal*, ange d'outre-tombe, négativité païenne de l'Histoire dont chaque hurlement semble dire : Fuck le Système ! Fuck la mélancolie post coloniale ! Fuck le régime !

Where is Satan ? Where is Satan ? Where is Satan ?

Oui, où est le Malin ? Le temps se dilate et le cœur du spectateur français saturé de sons et de visions se comprime alors que deux filles aux yeux barbouillés de charbon rient autour de lui. L'une, voilée, visage tatoué de larmes au henné, passe ses ongles noirs sur sa joue ; l'autre, cheveux rouge sang, pose une main sur son sexe tout en dressant l'index et l'auriculaire de sa main restée libre, sectionnée au poignet par un bracelet-éponge orné d'un pentagramme. Il recule : il est là en professionnel, pour L.I. von Vackt, pas pour autre chose.

3

Le réalisateur monte dans le taxi qui l'attend devant l'hôtel El-Djazaïr, une berline Ford jaune qui sort du lavage et finit de dégoutter au soleil. « La forêt de Baïnem par le bord de mer s'il vous plaît. » Le chauffeur donne son accord mais avoue après plusieurs feux verts qu'ils ne prendront pas le bord de mer. « Trop de circulation à Bab el-Oued et Bologhine, désolé », et d'ailleurs apparaît le panneau El Biar sur les hauteurs de la ville, qu'ils n'ont pas quittées. La lumière est crue, excessive. Le passager met ses lunettes de soleil et se calme avant de demander : « Vous connaissez le groupe de *black metal* The Kult of SatanâchiîA ? » Le conducteur ne répond pas. Puis déclare qu'il serait temps d'interdire ce type de groupe : « Il y a de belles choses à voir en Algérie. » Il prend une pastille à la menthe et la porte à sa bouche.

Paysage urbain d'immeubles en construction, échoppes précaires – soudain un homme nu, agité, qui marche et parle tout haut. Slimane Chambaudie se demande pourquoi le chauffeur passe son temps à mater le rétroviseur extérieur alors qu'il ne double pas – peut-être une filature d'indics. Il se retourne, aperçoit une Alfa Romeo Giulietta noire aux vitres teintées, demande s'ils sont suivis. « Non, c'est bon », répond le chauffeur qui met son clignotant et file en direction de Chéraga. Mais l'Alfa Romeo les suit toujours. « Vous êtes certain de la route ? » Le chauffeur reste muet et soudain la Giulietta a disparu du rétro et il lance goguenard :

« Je pourrais vous emmener à la Rôtisserie les yeux fermés, j'y vais une fois par mois en famille. »

4

— Quel endroit…

— L'un des meilleurs pour les rendez-vous professionnels. Calme, apaisé, protégé de la chaleur.

— Quelle vue…

— La forêt de Baïnem et la baie d'Alger à nos pieds…

— Grandiose. Comme ton concert hier soir, dingue.

— Merci.

— On va faire du super travail ensemble. Le scénario de *Replika* est formidable, je suis très heureux de l'adapter.

— Ça t'a parlé ?

— Le milieu de la mode en Algérie aujourd'hui, le statut de la femme avec ce sacrifice érotico-pervers le soir de l'Aïd… Génial pour un *giallo* 3.0 au Maghreb. Ça va donner du sang neuf au genre.

— Merci.

— Une coupe de champagne avant de déjeuner ?

— Non. Un verre de lait.

— Ton nom, L.I. von Vackt…

— C'est un pseudo. Un mélange de Lee Van Cleeff et de l'écrivain Van Vogt. Et toi, Slimane Chambaudie ?

— C'est mon vrai nom. Ma mère est de Constantine,

mon père de Paris, et moi je suis né à Marseille. Tu ne veux pas enlever tes lunettes de soleil ? On est à l'ombre.

— Non, je suis né avec. Modèle Pilote. Elles sont… soudées à ma peau.

— On cherche encore un peu d'argent pour boucler le budget, mais le film va se faire.

— Combien en tout ?

— Trois millions d'euros, ça reste un petit film.

— Pour l'Algérie, c'est colossal.

— Pour une production internationale, c'est modeste… On est toujours le larbin de quelqu'un.

— C'est une vérité de l'espèce humaine.

— Le Maghreb est un marché émergent. *Replika* va cartonner dans le monde entier.

— Nchallah.

— On commence demain les repérages ?

— Je suis à ta disposition. Tu peux embaucher des acteurs d'ici pour les petits rôles ?

— Rien n'est… impossible.

— Alors je te présenterai du monde. Ce serait dommage qu'une production française tournant en Algérie ne fasse pas travailler des gens d'ici.

— *Morbid Tales* sur ton T-shirt, c'est quoi ?

— Le premier album de Celtic Frost, un groupe de *metal* de Zurich, sorti en 1984.

— Qui jouera la mannequin ?
— J'hésite entre deux actrices.
— J'ai quelqu'un à te présenter.
— Qui ?
— Tu verras. Elle est… extraordinaire. Elle peut changer le destin de *Replika*.
— OK pour que tu me la présentes, mais autant te le dire tout de suite, je ne peux pas proposer une inconnue à la production.
— Quand tu la verras, tu la proposeras.

5

Slimane Chambaudie serre la main mondaine d'Omar Dekkiche, un trentenaire en costume bleu électrique, directeur du Centre algérien de Développement du Cinéma, dans ses locaux de Ben Aknoun, en banlieue sud d'Alger. Le décideur considère son hôte, expulse une bouffée de cigarette super slim Mond menthol, « veuillez prendre place, cher ami ». Slimane s'enfonce dans un fauteuil club sous une affiche du film *Chronique des années de braise*, de Mohammed Lakhdar Hamina, Palme d'or 1975, sans parvenir à identifier le capiteux parfum aux notes de patchouli qui plane autour de lui. « Slimane Chambaudie, le cinéaste rebelle venu de France… » Omar Dekkiche connaît bien le parcours du réalisateur franco-algérien. Il a vu et apprécié *Immolation*, « succès international », mais il ne faudrait pas que *Replika*, « dont l'autorisation de tournage est en cours », soit une critique voilée de l'Algérie. « Pourquoi chercher le diable là où il n'est pas, dans un pays en quête de concorde et non de division ? » Le réalisateur précise l'ambition du projet : « On veut s'adresser à un public *young adult* et adulte de toute culture et de toute confession, partout dans le monde grâce aux plates-formes numériques, proposer un film universel qui célébrera l'Algérie. » Dekkiche allume une nouvelle cigarette. « Avec le meurtre d'une styliste le soir de l'Aïd ? » Il monte la clim', se passe une main dans les cheveux. « L'Algérie est aujourd'hui *cinema & business friendly*, c'est certain… Mais, Slimane, s'il te plaît, ne fais plus monter d'*escort boys* dans ta suite. »

6

Le cinéaste prend le train pour Béjaïa en compagnie de L.I. von Vackt afin de rencontrer Nora, son amie actrice, mais surtout, sans le lui avouer, pour faire du repérage en bord de mer. Ils voyagent en première classe à bord d'un Coradia Alstom neuf comme un appartement témoin qui longe le port industriel encore amorphe, solaire, virginal, vide. Il est tôt, les yeux du cinéaste sont ensommeillés, le chanteur ne dit rien, et Chambaudie ne sait si ses yeux sont ouverts ou s'il dort derrière ses Ray-Ban Pilote, casque Marshall vissé sur les oreilles (s'entendent des copeaux de sons gutturaux – orgies ou meurtres). Après Boumerdès, Slimane comprend que le train ne longera pas le littoral vers l'est mais s'enfoncera dans les terres avant de rejoindre la Kabylie maritime. Il entend un passager en deuil se plaindre des quatre heures trente de trajet pour même pas deux cent cinquante kilomètre. Un chef d'entreprise approuve. Un bébé hurle à la mort, à la vie. Slimane boit un peu d'eau, mange les dattes offertes par le service, et ce sont les villes intérieures qui défilent à présent sous des paysages luxuriants que filme son téléphone asphyxié de lumière et de chlorophylle – les monts du Djurdjura que le train contourne par le sud de Bouira à Tazmalt –, puis Akbou, Sidi-Aïch, El Kseur, et soudain il grêle, la vitre et la carcasse du train sont attaquées de partout, on entend un boum sur le toit – une attaque terroriste –, Slimane se baisse, un sourire passe sur le visage de L.I. von Vackt immobile sous son T-shirt de l'album *De Mysteriis Dom Sathanas* du groupe Mayhem, puis le calme revient : le train a simplement été caillassé sous un pont. Mais déjà voici le golfe de Béjaïa devant son amphithéâtre de montagnes.

7

Le réalisateur doit rencontrer Nora sur le vieux port et tout à coup il comprend que La Crèmerie où ils ont rendez-vous désigne un glacier dans le français algérien et il a pour stratégie de dire d'emblée à l'actrice qu'il n'est pas possible de proposer une inconnue à la production malgré la recommandation de L.I. von Vackt et il découvre l'intérieur du glacier désert qui baigne dans un halo framboise et il la voit elle, seule sur une banquette en moleskine céladon, elle a les cheveux noirs, la peau claire, les lèvres bleues mais ce n'est pas du maquillage, de l'encre, et ses yeux sont noirs et il perçoit une lueur rubis qui absorbe la lumière de l'ice-cream en néon en face d'elle. Nora garde le silence puis lui dit qu'elle est prête à beaucoup de sacrifices pour ce rôle, elle connaît le scénario de *Replika* par cœur, seule une Algérienne peut performer cette histoire de mode et de sang le jour de l'Aïd. Puis elle se tait et sa voix est remplacée par « The Chase is Better Than the Catch » de Motörhead dont un clip passe sur un écran mural, et elle le regarde, suppliante, et il détourne les yeux et l'entend dire que sans elle le film sera un simple divertissement pour colon culturel, il est temps qu'il passe aux choses sérieuses, il doit respecter ses racines, l'esprit du sang qui coule dans ses veines, ce n'est pas un hasard s'il est là, en face d'elle, pour elle. L.I. von Vackt la regarde en souriant, fier de sa créature derrière ses lunettes Pilote dont Chambaudie finit par se demander si elle ne sont pas vraiment soudées à sa peau, et Nora dit qu'elle connaît tous ses films et que pas une de ses actrices ne lui arrive à la cheville. Elle peut jouer tous les rôles, et même plusieurs rôles à la fois si les contraintes budgétaires l'exigent, et L.I. von Vackt commande un milk-shake fraise et Slimane Chambaudie n'arrive pas à lui dire qu'il ne peut pas monter un film sur le seul nom de Nora, et ellc se tait de nouveau et son visage s'assombrit comme si elle hurlait à la mort et elle le fixe et s'illumine et il détourne de nouveau les yeux, et elle commande une crème glacée à la pistache et lui… la même chose.

8

Il prend l'avion à Alger dans la matinée direction Constantine et enregistre avec son iPhone les allées et venues du steward qui lui plaît bien. La liaison est rapide, atterrissage et applaudissements au pilote, puis il saute dans un taxi, passe à sa demande sur le pont suspendu Sidi M'Cid au-dessus des vertigineuses gorges du Rhummel, qu'il filme, et se rend dans le quartier Sidi Mabrouk où il va saluer sa grand-mère qu'il n'a pas vue depuis ses quatre-vingts ans, il y a cinq ans, ici même. Tandis qu'elle l'assaille de questions sur la famille et son régime sentimental (il ne va tout de même pas lui dire qu'il vient de baiser avec le steward dans l'avion), ses yeux errent sur la décoration kitsch du HLM qui embaume le parfum des keftas puis s'attardent sur le service à thé en cuivre posé sur des napperons brodés, près d'une assiette de sablés, *ghoribiya*, et il répond que le tournage durera huit semaines maximum et qu'il ne renoncera pas à ce projet, c'est son métier, même si elle le lui déconseille, et pendant qu'elle parle il la voit vivante et bientôt morte et elle lui dit que ce n'est pas pour ce clown de sataniste dont il adapte l'histoire qu'elle s'inquiète mais pour l'image de la famille et les éventuelles représailles que lui pourrait subir, ici, en France, et même partout dans le monde s'il devait se cacher. Puis elle éclate de rire et clame que la pauvreté lui a évité bien des problèmes dans la vie et elle préfère qu'il vienne à ses obsèques plutôt qu'elle aux siennes et elle le supplie de ne pas tourner. Puis elle s'en veut et lui caresse le visage : « *L'y zeyn zeyn welaw matli beteyn*», et elle voit qu'il ne comprend rien et traduit : « Celui qui est beau est beau, même couvert de boue. »

9

Une BMW grise slalome entre les colonnes de béton dans un parking souterrain et se gare. Une jeune femme élégante, vêtue d'un legging blanc et de chaussures à talons aiguilles, en sort (on reconnaît Nora). Elle regarde son téléphone, puis s'engouffre dans un ascenseur, où elle se remaquille. Les numéros des étages défilent, jusqu'au 66. Elle passe par le secrétariat semi-désert, entre dans son bureau. Elle pose ses affaires, saisit le combiné téléphonique : « Mes chéries, j'ai un peu de retard mais je suis là ! » Deux jeunes femmes entrent et déposent au milieu de la pièce un mannequin d'homme en silicone, avec un sac de vêtements et des accessoires. Il est nu, allongé. La styliste remercie ses assistantes et leur souhaite une bonne fête de l'Aïd : « Sa7a aidkoum ! » Les filles sortent. Seule, la styliste dit : « Et toi, joli mannequin, tu ne dis rien ? Tu as perdu ta langue ? Tu es pourtant bel homme, toujours élégant avec les superbes tenues que tu reçois… Au fond, je suis sûre que tu nous jalouses… Moi j'ai un super fiancé avec qui je vais m'éclater tout à l'heure si tu vois ce que je veux dire ! » Puis elle place une perruque blonde sur la tête du mannequin et pose une chaussure à talon aiguille sur son abdomen, qu'elle perfore lentement. On entend : « Coupez, c'est dans la boîte ! »

10

Slimane Chambaudie est en compagnie d'un jeune tapin vêtu de jean dans des toilettes déglinguées (on perçoit des hurlements derrière eux). Le bel inconnu sort d'une poche un cocktail MD / kétamine qu'il propose à Slimane, qui sourit, hésite… l'avale. Les deux hommes s'étreignent, se chuchotent des choses. S'embrassent. Puis Slimane défait sa ceinture, se tourne contre le mur couvert de grafs sexuels et politiques obscènes, *zebbi twil*, ma bite est longue, *messassa mahira*, super suceuse, *terrass* 0773, top étalon + téléphone, *bled zebbi*, pays de mes couilles. Ils regagnent la salle de concert où se produit ce soir The Kult of SatanâchiîA, et rapidement la kéta, anesthésiant pour cheval, brouille la vision du cinéaste tandis que la MD, accélérateur de tendresse, appelle à l'amour du prochain, eût-il des cornes de métal implantées sur les lobes frontaux et des yeux menthe glaciale. Slimane regarde à droite, puis à gauche, Halim n'est plus là mais tout le monde lui sourit à présent, tout le monde sourit à son mignon petit faciès de Franco-Algérien mondialisé sapé sportswear et fraîchement enculé, tout le monde sourit aux pores de sa peau ouverts comme des synapses sexuelles, *love is everywhere*, même en enfer. Et déjà il n'entend plus ses frères humains incanter l'ange déchu mais son propre prénom, évidence sonore qui le place au centre du monde noir, au centre du monde rose de l'amour tactile.
Where is Slimane? Where is Slimane? Where is Slimane?
Là, titubant, éperdu, évoluant sur un sol sans consistance,

haletant quand la lumière se fait de nouveau sur sa personne en gloire, et c'est comme s'il se sentait élu.

Where is Slimane ? Where is Slimane ?

Alors il répond à l'appel de Son nom. À l'appel de l'Amour universel. Se frotte à ceux qu'il croise et qui le repoussent. Produit des bouts de déplacements à chaque fois contestés pour tracer un chemin aléatoire entre lui et la Scène.

Where is Slimane ? Where is Slimane ? Where is Slimane ?

Slimane arrive, le visage en sueur, le regard d'une infinie tendresse, unidirectionnel, fixe, paumé,

Where is Slimane ? Where is Slimane ? Where is Slimane ?

et le voilà maintenant en train de grimper sur scène, les pieds poussés par ceux qui sont désormais ses fans et ses quasi-amants,

et le voilà qui domine la masse hurlante du public, aux côtés de L.I. von Vackt qui fixe sa gueule angélique et lui pose une main fraternelle sur l'épaule.

Dear Slimane, our special guest to all, I wish you feel good with us tonite…

Comme s'il s'apprêtait à le bénir.

Et il lui tend le micro.

Slimane, I would love you to sing with me…

et alors se passe ce qui doit se passer, et l'envoyé du Cinéma demande à son tour, d'une voix de premier communiant cabotinant en globish,

Where is Satan ? Where is Satan ? Where is Satan ?

et le public foudroyé lui répond en chœur

Slimane is Satan !, Slimane is Satan !, Slimane is Satan !

et le public hurle,

et l'élu pose ses doigts sur ses lèvres et les tend vers la fosse,
et le public hurle encore plus fort,
et l'élu clame au micro : *I don't know why but I love you !*
et Slimane Chambaudie cherche soudain à enlacer L.I. von Vackt,
mais le chanteur se dégage et l'éjecte soudain parmi Son peuple, dans la fosse,
et le voilà volant au milieu de Ses sujets en transe, touché, poussé, repoussé, propulsé, surfant sur les vagues de l'adoration, sur les vagues des *walls of death* successifs nés de la collision des lignes de dévots qui s'affrontent,
et il entend *ad libitum*, aux confins de sa boîte crânienne : *Slimane is Satan ! Slimane is Satan ! Slimane is Satan !*
et le voilà hagard, le visage griffé, les membres désarticulés, la casquette enfuie depuis longtemps, le polo déchiré par des ongles sans sexe, porté à bout de force, à bout d'amour, souriant, aimé, aimant, et il déclare :
I don't know why but I love you !
et il s'évanouit.

11

« Je suis Shaitan. Je te parle depuis le plus rouge des abîmes d'Algérie, un abîme de pierres et d'eau, un abîme rouge comme si les flammes éternelles l'avaient brûlé. Tu es venu à moi et je t'ai reçu. Désormais, nous ne nous quitterons plus. Je suis entré en toi. Que tu fasses du cinéma pour les masses, que tu m'écoutes chanter pour mes adorateurs, que tu me respires dans chaque molécule d'air qui sillonne tes poumons, dans chaque atome de fer qui oxygène ton sang ou encore que tu te prosternes devant mes yeux cachés, oui, je suis entré en toi, tout comme ma fille Drakamire est entrée dans chaque battement de ton cœur, dans chaque image de ton art. Tu connaîtras le succès. Tu seras mon messager. Tu en paieras le prix. »

12

Slimane Chambaudie se réveille en sursaut, le visage en sueur, tuméfié. Son téléphone sonne. Sa mère… Il répond, entend une voix paniquée. « Slimane… C'est grand-mère. On l'a retrouvée morte dans les gorges du Rhummel en bas de la passerelle de l'Ascenseur. C'est incompréhensible, elle ne sort jamais. La police hésite entre un suicide et quelqu'un qui l'aurait poussée. »

On entend la respiration muette de Slimane alors que claque la fenêtre de sa suite.

13

Where is Satan ?

SUR NETFLIX, BIENTÔT

Allô ?

— *Bonjour, monsieur Ciriez, Bertrand, assurance animaux et loisirs du Crédit mutuel, on se voit quand ?*

— *Ben, on se voit pas.*

Rond-point à l'anglaise

J'aime l'enseigne du bâtiment saumon des pompes funèbres Chantal et Philippe Bruneau, et encore davantage l'ambigu chatoiement de leur slogan commercial, « le choix funéraire », mix habile de raison marchande ouverte (l'éventail des options budgétaires et matérielles pour l'esthétique du deuil) et de nécessité sociale fermée (la mort, « incontournable » comme une compilation NRJ des hits de l'été 2012).

Lorsque l'an passé *La Presse d'Armor*, l'hebdomadaire des côtes du Goëlo, m'avait sollicité au téléphone pendant mes vacances en me demandant avec la déférence angoissée d'un média subalterne : « Quelles sont vos promenades préférées quand vous revenez au pays ? », je n'avais pas menti en citant le rond-point de Lanvollon et son noir diamant, l'établissement Bruneau.

Mon bras gauche pend de la vitre baissée du Chrysler Cruiser gris métal loué à l'aéroport de Lannion alors que je m'apprête à entrer sur le giratoire à la vitesse lente de 18 km/h. Je hais cette prudence de couvre-feu universel instituée par l'avènement du rond-point comme forme idéale de distribution routière à « létalité atténuée » – formule publicitaire de l'armurier stéphanois Verney-Carron, développeur et fabricant de Flash-Ball®, invention française de Pierre Richert, expert en balistique auprès des tribunaux.

Je cède le passage à un camion-poubelle qui scintille au soleil et qui supporte à l'arrière deux ripeurs exténués dans leur combinaison orange fluo à baudrier chromé. Ces hommes, qui je l'espère auront le temps de se changer pour leur vendredi soir, sont au fond mes confrères : nous œuvrons quotidiennement au tri sélectif des déchets, eux dans l'ordure ménagère, moi dans la critique d'art, à *Frieze, 02, Art Forum* et *May*.

Lanvollon, 1800 habitants : située à une dizaine de kilomètres du littoral et négligée touristiquement, la commune possède assurément un génie politique et plastique propre et s'est réinventée grâce son rond-point principal, autour duquel se déploie une zone artisanale et commerciale en croissance continue depuis une vingtaine d'années, au cœur d'un réseau routier polycentrique très fréquenté.

Dans Lanvollon j'entends « volant ».

Le rétroviseur extérieur abolit un panneau touristique « Paimpol, cité des Islandais, 15 km ». J'en reviens après l'inauguration sur le port de la statue monumentale de Gaud et Yann, les amants tragiques du roman de Pierre Loti, *Pêcheur d'Islande.* Ils s'étreignent au bout de la jetée, en un long baiser de marbre gris… On ne demande pas aux élus d'être cultivés mais on n'a pas non plus à supporter le ridicule de leur « politique culturelle ». J'aurais à titre personnel préféré l'érection d'une statue du Paimpolais Lelgoualch qui apparaît dans *Impressions d'Afrique* de Raymond Roussel : tombé d'un mât et amputé du tibia, le malheureux joue du pipeau avec son membre transformé en instrument de musique. Mais tout cela n'a aucune importance. J'ai présentement la chance de me trouver à 18 h 27 aux abords du rond-point de Lanvollon inondé de soleil, face au terre-plein central – un bosquet et quelques buissons sommairement entretenus, rien.

À ma droite clignote l'enseigne bleue du Relax Hôtel, une construction beige de type lotissement divisée en trois parties, chacune agrémentée d'une antenne parabolique, comme un grain de beauté à l'ère médiatique. Une anachronique publicité Canal+ apposée sur la partie centrale de l'établissement rappelle qu'il y a vingt-cinq ans, et visiblement encore aujourd'hui, le supplément d'âme des hôtels pour VRP était la possibilité d'un match de foot et d'un film porno dans la solitude d'une cellule fonctionnelle. Devrais-je aller voir le gérant pour lui conseiller d'actualiser l'image de l'hôtel en remplaçant la publicité Canal+ par « BeIN Sports », la chaîne des Qataris ?

Le Relax Hôtel est un hôtel propret, livide, utilitaire, fleuri, figé dans son apothéose 80's, comme si les pompes funèbres tenues par Chantal et François Bruneau s'étaient chargées d'embaumer la façade, avec cependant une possibilité de salut, celle d'une vue imprenable sur le rond-point de Lanvollon un vendredi soir de septembre, au crépuscule…

J'ai soudain envie d'accorder une étoile supplémentaire aux deux dont jouit officiellement l'établissement.

Je passe au ralenti devant la première sortie du rond-point où s'engage une Lexus noire. Mes yeux balaient rapidement de haut en bas les indications Lanvollon centre (*Lannon*) / Châtelaudren / Guingamp / Office du tourisme. Lanvollon centre… Je croyais que c'était ici.

J'allume un cigarillo Panter Mignon dont j'apprécie toujours le fauve en illustration sur la boîte métallique de couleur crème Henri Wintermans et souffle un petit nuage de fumée sur l'autocollant « Interdit de fumer » fixé sur mon pare-brise par l'agence de location, juste sous la police d'assurance.

Au-delà du panneau « Lanvollon centre », comme en fond d'écran, s'impose l'enseigne d'un magasin Gamm Vert à qui, derrière un grillage, des jets d'eau tournants offrent une publicité silencieuse. Je prolonge ma rotation, passe devant un panneau circulaire franco-breton sur le terre-plein central : « Giratoire du Ponlô / *Kroashent-tro Ponlô* ».

De l'autre côté de la chaussée, deux pancartes annoncent d'une part un prochain « salon du chiot à Pléhédel » et d'autre part une prochaine réunion de « voitures anciennes à Lantic ». Puis surgit une information pratique susceptible de dérouter les automobilistes : « Bar à lait-Goudelin ». Ce doit être ici l'office du tourisme, le vrai.

Avant je préférais les lignes droites mais maintenant je préfère les ronds-points, et davantage même que les ronds-points le souple mouvement circulaire qu'ils imposent au volant, le moment de secrète confusion du choix, quand on ne sait si on a vraiment envie de prendre une sortie ou de ne jamais quitter le réseau et de continuer de tourner, tourner toujours, comme sur la platine de bitume d'un tourne-disque existentiel (malheureusement, il faut toujours prendre une direction, le manège social est sérieux, les contrôles de gendarmerie fréquents, l'hôpital psychiatrique menaçant – sans mouvement, gavé de calmants, attaché sur un lit à roulettes).

J'aime les ronds-points, l'idée glacée que les images du hasard et du destin, « quatre vents » ou « quatre chemins », aient été remplacées à coups de bulldozer par celles de distribution fonctionnelle et de ventilation automobile.

J'aime le rond-point de Lanvollon qui ce soir, alors que l'on m'attend à cent trente kilomètres d'ici, ne m'a jamais paru aussi splendide, évident, magnétique.

Sortie Saint-Brieuc. Une longue départementale bordée de pins, comme apaisés dans le crépuscule de fin d'été. Je mets mes clignotants derrière une C3 Picasso à l'arrière de laquelle deux adolescentes me tirent la langue. Petites souillons, est-ce donc cela que vous inspire la rentrée des classes ? Vous savez qui je suis ? Lucien Prairial, ça ne vous dit rien ? Denis Diderot, Charles Baudelaire, Paul Claudel, Catherine Millet, Jean-Yves Jouannais, Hal Foster, Robert Storr, Hans Ulrich Obrist, moi-même, un enfant du pays, qu'est-ce qu'on vous apprend au collège Yves-Duteil ? Je choisis de ne pas répondre à la provocation de ces mineures et considère, prêt à s'engager sur le rond-point, un 39 tonnes aux chromes étincelants dont le pare-brise est égayé par une plaque d'immatriculation JOJO 22.

À gauche le magasin Au fil des marques propose « les plus grandes marques de vêtements à prix discount, toute l'année », puis l'enseigne Véloland se présente comme « le spécialiste du vélo électrique », avant que le hangar géant du soldeur Michigan ne crée l'événement pré-saison des pluies avec des salons de jardin à – 70 %. Malheureusement, le parking est désert : Michigan a cessé son activité.

Mon volant s'incline à droite en direction de Saint-Brieuc. Personne dans le rétro. J'hésite un instant. Même si on m'attend, j'ai le temps – on me craint, on patientera. Mon volant se redresse et je décide de faire le tour de piste intégral, de remplacer l'orientation par la contemplation, cool, relax, attentif, disponible, intégré au décor rotatif, à 15 km/h sur un rond-point fait pour me perdre.

J'aime l'expression française « rond-point à l'anglaise », qui ajoute une touche de perversité à la désignation du simple mot « rond-point », *roundabout,* comme l'on parle d'une éducation à l'anglaise pour suggérer l'hypothèse de plaisir contre nature et de châtiments corporels derrière les murs de raffinés *colleges.*

J'aime l'expression rond-point à l'anglaise, qui pointe l'origine de la grande trouvaille universelle, la forme routière absolue de la mobilité libérale, *le monde comme circulation et comme rond-point.*

J'aime les ronds-points à l'anglaise dans leur prolifération inexorable, leur totalitarisme soft, panoptique, la vision à 360 degrés qu'ils offrent de la grande narration marchande du monde.

J'aime le rond-point de Lanvollon plus que Lanvollon elle-même.

En qualité de critique d'art (de technicien dans une déchetterie culturelle en réalité, d'ailleurs j'écris de moins en moins et trie de plus en plus, mes jugements sont devenus des notations par étoiles, et certains de mes articles dans *Frieze* tendent même à intégrer des phrases de type : « Sophia Bellini ** ?* ; **?*?* : */ * - *? *** !!! au Palais de Tokyo, à Paris, la semaine prochaine »), en qualité, surtout, d'esthète, je me demande avec impartialité : quels descripteurs littéraires et artistes contemporains auraient pu ou pourraient saisir quelque chose du rond-point à l'anglaise ?

Chez les écrivains morts, je songe à Claude Simon période *Triptyque* pour une phénoménologie du mouvement giratoire ; à Jean-Patrick Manchette pour l'errance automobile et le sens du détail politique ; à Jean Baudrillard pour la fantasmagorie et le procès de civilisation, et surtout à l'Anglais James Graham Ballard, dont le prémonitoire *Crash!* introduisait en 1973 une pulsion de mort dans la civilisation de la voiture – mais au fond, il lui faudrait aujourd'hui inverser ses analyses : l'ère du rond-point à l'anglaise est celle de l'*anticrash*, l'ère de la fluidité totale, de l'équation : espace = temps = argent = mobilité = circulation = ubiquité = identité = rond-point unique.

Chez les écrivains vivants, outre Jean-Jacques Schuhl qui pourrait proposer une élégante dérive de nuit autour du rond-point des Champs-Élysées, je songe à trois ou quatre jeunes auteurs doués que je me refuse cependant à citer, même seul et à voix basse dans mon Chrysler Cruiser :

1) pour qu'ils ne sachent pas ce que je pense d'eux ;

2) pour leur rendre service en les sevrant d'une reconnaissance prématurée.

Chez les humoristes métaphysiques, je citerai le Belge Raymond Devos et son sketch sur un rond-point dont toutes les sorties sont des sens interdits.

Chez les photographes ayant la chance de pouvoir voler en hélicoptère, je citerai Yann Arthus-Bertrand, qui assoirait définitivement sa réputation d'artiste pompier avec *Ronds-points à l'anglaise vus du ciel* et permettrait aux éditions La Martinière de racheter, après le Seuil, le nouveau géant indépendant Gallimard-Flammarion, d'un coup.

Chez les cinéastes, je songe à M. Night Shyamalan, l'auteur de *Signes*, qui réaliserait *The roundabout of Lanvollon* (pitch : des paysans de l'Orégon voient apparaître dans leurs champs de maïs de mystérieux ronds-points d'origine extraterrestre).

Chez les cinéastes documentaires, je pense à Pierre Goetschel, auteur en 2010 d'un remarquable *Rond-point*.

Chez les chanteurs, à un duo Michel Houellebecq-Sébastien Tellier.

Chez les musiciens conceptuels, à Kraftwerk, pour leur tout nouveau *Tour de France des ronds-points* (distance de l'épreuve : trois millions de kilomètres ; durée : quinze ans).

Chez les plasticiens français et / ou étrangers, à personne en particulier, car il convient de rendre hommage aux artistes anonymes de la Direction départementale de l'Équipement ainsi qu'aux jardiniers municipaux qui entretiennent avec humilité et devoir les beaux giratoires de France, sans chercher la protection d'un mécène, d'un collectionneur, d'un milliardaire, d'un maître, voire une subvention de la Direction régionale des Affaires culturelles dont ils ignorent l'existence (à moins que la DDE ne soit une subdivision de la DRAC).

Pommerit-le-Vicomte, « Foire à tout » le 23/9
[*peinture rouge sur carton blanc*]
Vends bois de chauffage – 02 96 20 58 43
[*marqueur noir sur pancarte en bois*]
Chambres d'hôte à Lanleff – 06 82 93 38 45
[*carton imprimé sur pieu de bois*]
Pontrieux, marché d'antan tous les dimanches
[*marqueur noir sur carton*]

(Mais je préfère, au mois d'août, la traditionnelle Foire aux puces de Lanvollon qui, avec ses quelque 30 000 visiteurs, fait de la ville, à l'échelle régionale, la « capitale de la brocante », et constitue la principale procession marchande de Bretagne, où les majorettes ont remplacé les prêtres.)

Je me remémore une discussion que j'avais eue au Guggenheim de Bilbao avec Francis Favereau, ancien professeur de langue et de littérature bretonne à la faculté de Rennes. *Croaz Hent* (*kroashent*) en breton signifie « la route en croix ». Non pas la croisée des chemins, image de la destinée, mais fonctionnellement le carrefour. La francisation de *Croaz Hent* a donné le mot « croissant », traduction bancale où le son a primé sur le sens. Les lieux-dits « Croissant + localité », de type

« Croissant Plougoulm », nombreux en Bretagne, signifient simplement le carrefour. L'imaginaire des contes est hanté par l'idée de la mauvaise rencontre sur « la route en croix ». Les quatre chemins font peur. Le problème est résolu avec les ronds-points contemporains où l'on passe sans jamais rencontrer personne (pourtant moi je suis toujours là, rôdant à 15 km/h, bien calé sur la file intérieure, le clignotant gauche matérialisant la suspension momentanée de tout choix de sortie).

Le poète Edmond Jabès rappelle dans *Le Livre des Questions*, en citant la Kabbale, qu'au commencement Dieu se manifesta par un point. Mais à la fin, se manifesta-t-il par un rond-point ?

Un rond-point peut-il être carré ?

Le mot rond-point est-il un pléonasme ?

Les hypermarchés Carrefour devraient-ils être rebaptisés « Rond-Point » ?

Je suis angoissé ce soir.

Le rond-point de Lanvollon au couchant : dix lampadaires d'acier éteints haut de quinze mètres et courbés en leur sommet comme des crocus industriels autour d'un terre-plein circulaire d'une centaine de mètres. Nul être humain sur le cercle végétal, nulle vie, seulement la puissance repoussoir de l'anonymat, un anneau ingrat où personne n'aurait l'idée de marcher (de se promener, de s'asseoir, de pique-niquer, de peindre des aquarelles, de prendre des notes, de commettre un meurtre ou un viol). Rien, personne. Nulle signature de l'identité de la ville sous forme de composition florale ou d'ouvrage de granit déchargé là par un artiste régional déjà coupable de quelque deux mille tonnes de sculpture publique, nulle publicité autopromotionnelle en faveur d'une commune cherchant pompeusement à se faire labelliser « petite cité de caractère » sur un panneau de fer forgé au seuil de son territoire déjà mort.

Le trafic sur le rond-point de Lanvollon au couchant : une piste centrifuge à cinq sorties sillonnée par des voitures *middle class* à la vélocité rurale hautaine (comme si la vitesse et la nervosité pour franchir le rond-point offraient une adrénaline de périphérique aux conducteurs ruraux bardés de lunettes noires).

L'orgie sémiotique du rond-point de Lanvollon au couchant : un mélange tournant d'informations routières basiques, d'enseignes marchandes et entrepreneuriales baignant dans leur présence muette, de sollicitations événementielles mineures et de publicités pittoresques plantées dans l'herbe, sur les bas-côtés, au-delà des fossés.

Des touffes de végétation hirsutes sortent par endroits de l'asphalte crevé près des passages piétons et d'ailleurs il n'y a pas de passage piéton à toutes les sorties.

Alors que je tourne sur moi-même, un souvenir fait délicieusement surface dans ma conscience de conducteur responsable (ou peut-être un fantasme), l'un de mes plus beaux souvenirs assurément (assurément l'un de mes plus beaux fantasmes), peut-être exhumé de ma mémoire grâce aux pelles des fossoyeurs du centre funéraire Bruneau : je roule de nuit en 404 Peugeot autour d'un rond-point tandis qu'un couple d'amis à l'arrière (il n'y a personne à mes côtés, à la place du mort) n'arrête pas de rire à mesure que je parle et me crois drôle et un peu dingue puisque je n'arrête pas de tourner autour du rond-point, dix, quinze ou vingt fois je ne sais plus, avant de comprendre que mes amis sont hilares non par la grâce de mes traits d'esprit mais à cause de l'herbe fumée et d'une camionnette de flics en faction sous le porche d'une station-service. J'ai peur soudain et choisis une sortie au hasard. Mais j'ai tort : si les flics ne m'ont pas contrôlé alors que je les ai longuement provoqués, c'est qu'ils imaginent que je suis en règle. J'aurais ainsi pu les narguer toute la nuit (et regrette encore mon retour à la raison), jusqu'à ce que la 404 n'ait plus d'essence et que je sois obligé de faire le plein à la station-service.

Je passe devant la marbrerie Henry dont l'activité, à deux cents mètres du centre funéraire Bruneau – un concurrent, donc –, se scinde en une branche « pompes funèbres », avec un service « caveau en 24 heures », et une autre « cheminée-décoration ». Puis c'est un panneau de signalisation qui indique les directions de Pléguien / St Quay-Px / Étables-sur-Mer / Binic. Je rêve quelques instants à la beauté du nom Étables-sur-Mer, imagine les fantasques communes de Poulailler-sur-Air et de Porcherie-sur-Terre, songe que Raymond Domenech, ancien sélectionneur de l'équipe de France de football, s'est installé à Étables et qu'on le croise parfois, dit-on, au PMU.

L'enseigne Rennes Motoculture s'impose maintenant à travers les ronds de fumée produits par ma gorge et mes lèvres en cul-de-poule, juste avant le magasin Gilles Reboux, « électricité, chauffage, plomberie », et un nouveau panneau de signalisation indiquant la commune de Plouha, ainsi qu'une zone de covoiturage (*kenweturañ*). Puis j'aperçois la station de lavage de voitures JYR où une femme en survêtement admire le shampouinage du véhicule qui la transportera ce soir, peut-être au California, la boîte de nuit de Plélo magnifiée sur un autocollant à l'arrière du 4×4 Mercedes devant moi.

Une coque de piscine géante se tient verticalement devant le magasin Aqua Synergie « saunas / spas / piscine / forage / pompage ».

L'ultra contemporain Ty Lolann, « Votre magasin bio », me suggère que je n'ai pas une vie saine.

De l'autre côté de la route se manifeste le modeste bâtiment du « centre d'affaires du Ponlô », composé notamment de Leff Médical (vente et location), de Braize, « poêles et granulés de chauffage », et d'Idéal Baies, « fenêtres / portes / portails / stores ».

Et dire qu'ici avant il n'y avait rien. Le commerce a horreur du vide.

Une Peugeot 403 aux flancs et aux ailes dégradées roses approche d'un rond-point sous un soleil rouge sang. C'est beau comme une illustration vinylique du Belge Guy Peellaert dans *Rock Dreams.* La berline rétro dont le conducteur au look beach boy (chemise hawaïenne à fleurs, cheveux noirs flottant à mi-épaule, Ray-Ban à monture dorée) est sévèrement défoncé (cannabis + bière) aperçoit in extremis les gendarmes qui procèdent à des contrôles d'alcoolémie. L'homme prend les devants en éteignant le moteur et en feignant la panne sur le bas-côté de la chaussée. Il sort en pestant, se porte de lui-même à la rencontre des militaires de la route, invente un problème d'alternateur. L'un d'eux lui dit : « J'aime les 403, ça me rappelle ma jeunesse et mon grand-père dans le Calvados, voulez-vous qu'on vous aide à redémarrer ? » Incrédule le conducteur accepte. Trois gendarmes poussent désormais la voiture autour du rond-point. Au bout de deux tours, l'homme à la 403 met le contact, choisit « Surfin' USA » sur son iPhone, disparaît en direction du casino de Saint-Quay-Portrieux.

Est-ce un autre souvenir ou un autre fantasme ?

Sortie Paimpol / Lannebert / Pontrieux / Plouézec. Fin de la boucle. Le lieu de mon arrivée pourrait être celui de ma sortie. Mon clignotant gauche continue d'indiquer à mes congénères que je n'ai pas encore choisi de direction, que je suis un compas motorisé autour d'un centre vide. J'achève seulement ma première révolution et je n'ai pas vu l'espace passer. Il pourrait y en avoir d'autres. Je pourrais continuer de dire oui à l'attraction centripète de la Force, ne pas m'arrêter de tourner, passer mon vendredi soir à tourner tandis qu'on m'attend. On me demandera : « Pourquoi es-tu en retard ? » Je répondrai : « C'était mal indiqué. »

Le cercle végétal à ma gauche continue d'être le centre du monde périurbain.

La route à ma droite est parfaite comme une raie au milieu, bordée de pavillons et de hangars commerciaux.

« La route où je sombre encore me devance, comme le vent » (André du Bouchet).

Armor construction / Déco 22 / Euro-crêpes
Parc d'activité du Ponlô / *Tachenn labourerezh Ponlô*
Contact / *Darempred* 0296701704

— Bonjour, je m'appelle Lucien Prairial, j'aimerais m'installer dans la zone, créer une entreprise.

— C'est tout à fait possible, monsieur, pour quel type d'activité ?

— Vente et réparation de satellites.

Je suis bien, détendu et immanent parmi les voitures qui giclent désormais de partout.

Je conduis avec deux doigts, fume en jouisseur solitaire. J'ai la régularité d'un cheval de manège sur un carrousel pour les grands, avec pour seule musique le moteur *live* des voitures en effet surround. Devant moi glisse une Kangoo, derrière peine un tracteur.

J'imagine une femme avec un imper mastic et des lunettes noires Chanel qui rôderait sur le terre-plein. Elle serait la Mort au rond-point de Lanvollon. Comme dans un roman de Marc Behm. Elle m'apercevrait, me ferait signe. Je l'inviterais à monter.

— Allons prendre un verre au Bar à lait de Goudelin.

— Est-ce prudent ?

— Le premier red-neck qui t'embête, je lui fracasse une

bouteille sur la tête. Du sang et du lait ruisselleront sur sa laideur.

— Emmène-moi.

Je tournerais la tête. Elle aurait disparu. À sa place, il y aurait une vache battue par son maître. Une souffrance cristalline m'envahirait. Je m'arrêterais au milieu du rond-point, châtierais l'homme cruel, étreindrais la bête. Mais j'ouvre les yeux et la prairie est déserte, anonyme, sournoise, indifférente, sans mémoire, magnétique. Je continue de tourner.

Bâti-confort Lamotte, maisons individuelles / Cerev, création et entretien d'espaces verts / Flash services loisirs créatifs – poterie, pliage, origami, peinture sur soie.

Pluralité des mondes et des ronds-points. Sériation baroque des centres et des axes. Les Français, épris de mignardises esthétiques, les ont même dédoublés, comme à Nantes, ville du double rond-point. Après les jardins, les doubles ronds-points à la française. Au fond, la France est la marraine sympa de la mondialisation, la vieille tante en bout de table qui brode des doubles ronds-points (place de Strasbourg, à Brest, où je me suis rendu au printemps pour la troublante exposition du Coréen Bong Kwon-Ho à la Passerelle sur le thème de la gériatrie contemporaine – *Qualité de la fin de vie* –, il y a même un quadruple rond-point… mais où est le premier rond-point, le rond-point originel ? À Quimper peut-être).

C'est l'été indien sur le rond-point de Lanvollon. Le Chrysler Cruiser trempe dans un crépuscule roux, dans une excitation routière de début de week-end. Fin de ma septième rotation, sans GPS et sans radio (pourtant, parfois, je le confesse, de retour au pays pour embrasser mes vieux parents, j'écoute masochistement Radio Bonheur, leader sur les ondes FM locales, épatante pour ses tubes sentimentaux oubliés et ses flashs publicitaires sur fond d'accordéon).

Ceux qui ont pu surprendre mon manège et me suspecter de conduite obsessionnelle ont disparu, soumis au choix de leur destin routier. Un tour de piste et puis on rentre à la maison – petits joueurs.

Mon index inverse soudain le sens des clignotants, désormais tournés vers la droite, vers Saint-Brieuc, avec la Nationale 12 à l'horizon. Je me prépare à une soirée d'exception – le vernissage de la Biennale d'art contemporain de Rennes. Et si je ne m'arrêtais pas ?

Femmes fumigènes

1

Lui rôde (vous, moi). C'est un usurier du divertissement. Une excroissance marginale du commerce des plaisirs. Il est patient, rusé. Il a les mains fines, des doigts lisses de petit comptable au chômage, une fuite temporelle au fond des poches que rien ni personne ne colmatera jamais. Un rôdeur. Rôder… Sa mère le rêvait contrôleur de gestion. Il est devenu dealer de billets musico-sportifs au Stade de France, et ce soir, ses petits doigts blancs de commerçant de proximité s'apprêtent à faire une plus-value significative sur un billet formule Prestige pour la finale de la Ligue des champions. À l'affiche, les Red Devils de Manchester United contre les Reds de Liverpool… Les clubs se détestent. Les Anglais deux fois en rouge et les policiers en bleu pullulent par groupes compacts dans une ambiance haineuse mais correcte. Lui, le rat, attend tranquillement sa proie en grignotant un kebab. Il trouve toujours quelqu'un à arnaquer, de toute façon. Il tentera le coup à 1 500 € auprès d'un supporter en manque. *A friendly price* pour les fans prêts à mettre le double ce soir, dit la rumeur, qui sait que la demande populaire excède depuis de longues semaines outre-Manche l'offre de l'UEFA ; un prix d'ami pour les fans inquiets qui errent sans billets sur le parvis du Stade de France sous les yeux fixes de la police montée – une dizaine de cavaliers et de cavalières ceints de baudriers jaune fluorescent, une dizaine de chevaux sillonnant au pas la multitude paillarde. Mais pour l'heure, dissipons tout malentendu sur la transaction à venir : le luxueux sésame que le petit brun là-bas adossé à la grille va bientôt mettre en vente est *a priori* tout à fait valable ; impossible de le confondre en tout cas, même pour un idiot non francophone perdu à Paris, avec un ticket pour la visite guidée du Stade de France les jours de relâche permettant de s'asseoir dans les loges présidentielles, de plonger dans la magie des vestiaires, ainsi que d'emprunter le tunnel qui mène au terrain dans l'enceinte déserte le jeudi après-midi.

La route des rois pour le pèlerin du XXIe siècle. Vous attendrez votre faction de supporters place du Châtelet. En vain. Ils seront déjà saouls, égarés dans Paris en plein après-midi. Vous maudirez le portable que vous avez certainement perdu dans le parc où vous faisiez la sieste et qui vous empêche de les joindre. En cet instant, vous désirerez plus que tout au monde, plus que l'éternité de Maman par exemple, éclater cet objet absent contre un mur. Votre épiderme exsudera des gouttes de Paddy chaud. Vous transporterez un sac à dos de randonnée The North Face contenant encore trois canettes de Carlsberg, le sponsor officiel de votre club auquel vous êtes vous aussi fidèle, une corne de brume et une écharpe aux couleurs des Reds. Vos bras tatoués arborant une rose ceinte de barbelés dépasseront d'un maillot de football rouge grenade XXL à manches courtes floqué au nom de votre idole, le numéro 7, Kenny Dalglish, King Kenny. Vous vous dirigerez vers le nord. Vous demanderez votre chemin avec des moyens verbaux rudimentaires. Vous emprunterez la très fantasmatique rue Saint-Denis (vous la cherchiez tant). Vous entrerez dans un sex-shop pour boire une bière. On vous indiquera un pub. Vous jugerez que les putains françaises sont souvent noires et chinoises en les reluquant jusqu'à l'Arc de triomphe de la porte Saint-Denis, qui glorifie un certain Ludovico Magno dans un tourbillon gris de pigeons excrémentiels (vingt-cinq minutes de marche). Vous croirez reconnaître les Champs-Élysées. Au loin, vous distinguerez quelques rassurantes bannières rouges brandies par des manifestants du Parti des Travailleurs kurdes (PKK) que vous prendrez pour des Reds, et aussitôt vous basculerez sur le territoire païen du faubourg Saint-Denis. Vous continuerez votre chemin le long des étals de fruits et légumes, sur les trottoirs jonchés de Mauriciens, de Pakistanais, de Kabyles et d'artistes parisiens évoluant en ligue 1 ou en CFA2. À côté du bar albanais le Mauri7, vous croiserez des sapeurs noirs hilares en train de descendre à la chaîne des canettes de Bavaria 8.6. Citoyens du foot, ils vous apostropheront. Vous fraterniserez avec eux en échangeant une canette de Carlsberg contre une Bavaria musclée. La fierté vous submergera quand vos nouveaux amis pronostiqueront une victoire de votre équipe sur vos ennemis héréditaires. Vous penserez que les Zaïrois vous font allégeance et vous accepterez ce signe de ralliement néo-féodal. Vous sortirez votre écharpe de supporter et la brandirez vers le ciel. Un sapeur vous prendra par le cou tandis que son copain vous photographiera au soleil avec son portable serti de faux diamants. L'homme d'image vous promettra de mailer le cliché numérique à l'adresse incompréhensible que vous lui confierez. Vous lui demanderez le stade, il vous indiquera le nord. Vous y retrouverez assurément les gars de votre bande et les traiterez tous d'enculés, un par un.

Je vends des kebabs au Stade de France pour les grands matchs, à Jean-Bouin le dimanche pour le Top 14 de rugby. Cette camionnette, je l'ai achetée à un cousin. Je l'ai mise aux normes et j'ai installé le grill tournant. J'embauche un copain en extra, je déclare la moitié de la recette et ça me permet de vivre gentiment : vêtements, loisirs, plus un loyer de 800 € pour un deux pièces à Belleville avec ma copine – mais faudra pas l'dire, hein, faudra pas l'dire… Cinq saisons que je fais ça pour payer mes études : faut que j'aie ma licence de philo cette année, j'ai plus le droit à l'erreur. Parce que putain j'en ai marre… Des fois je me dis que je deviens dingue. Les pauvres mecs avec de la bière jusqu'aux oreilles, les types qui te parlent mal, les racistes qui me prennent pour un Arabe alors que je suis berbère et supporter de la JSK, la Jeunesse sportive de Kabylie, si tu connais un peu le championnat algérien… Je vais te dire un truc, monsieur le journaliste du *Parisien* : le graillon, c'est l'encens du supporter et un supporter, ça sent pas toujours très bon – mais faudra pas l'dire, hein, faudra pas l'dire, hein, sinon les gars ils viendront plus chez moi… Le pauvre mec qui s'est esquinté l'autre soir, je sais pas s'il a consommé ici ou quoi avant son exploit, mais il méritait pas ça.

2

Vous parviendrez au croisement Saint-Denis-Magenta (10 minutes) avec encore, vestige de votre première nuit parisienne, deux grammes d'alcool par litre de sang (mais vous pesez 97 kilos et êtes alcoolique depuis vos quinze ans). Comme indiqué par d'amicaux sapeurs, vous suivrez le nord, toujours dans la rue du Faubourg-Saint-Denis, la route du premier évêque de Paris, la route des rois, Ludovico Magno, Louis XIV, le Roi-Soleil, la route des rois du football, Kenny Dalglish, King Kenny number 7, la route conduisant à la basilique Saint-Denis, la nécropole des rois de France, la route conduisant au Stade de France, la future nécropole des Red Devils, tout droit, là-bas, au bout du chemin. Sur votre gauche, devant la verrière de la gare du Nord, vous apercevrez un escadron de supporters rouges chanter avec ferveur *Glory Glory Man United*. Vous serrerez les poings car le seul chant qui compte, c'est le vôtre, *You'll Never Walk Alone*. Vous déciderez d'être pèlerin jusqu'au bout, de marcher seul en direction du Stade de France plutôt que de voyager en RER avec ceux dont vous souhaitez la mort. Plus loin, supporter solitaire, vous découvrirez les hauteurs de la rue du Faubourg-Saint-Denis, banlieue tamoule de Londres grâce à l'Eurostar. Vous arriverez place de la Chapelle, où vous reprendrez votre souffle sous le métro aérien en mêlant votre respiration à l'haleine turbulente des gaz d'échappement. L'inhalation printanière de la pourriture urbaine sur la place la plus polluée de Paris vous fera l'effet d'un solvant. Vous aurez soudain soif et envie de fumer et vous vous offrirez votre dernière Carlsberg agrémentée d'une cigarette à l'ombre du tumulte ensoleillé. Vous serez éperdu, si proche du but, si proche de la tombe de gazon de vos éternels rivaux (deux heures à pied environ). Vous vous engouffrerez boulevard de la Chapelle. Vous vous fondrez dans l'indifférence du petit peuple parisien affairé. Un sauvage désir de sucre vous submergera à la vision d'une religieuse dans la vitrine de la pâtisserie exotique Leroux. Vous la posséderez dans la rue, contre 2,50 €. Puis un groupe de collégiennes délurées sortant de Monoprix vous indiquera l'oasis où reconstituer votre stock de bières. Vous vous procurerez deux packs de 1664 en canettes de métal 6 × 33 cl dont la profondeur historique remplacera avantageusement l'absence de Carlsberg en rayon, ainsi qu'une bouteille de gin que vous entamerez sitôt sorti du magasin. Vous avancerez sans plus penser à rien, jouissant confusément d'un sacre à portée de main, du deuil imminent de vos ennemis. Le stade sera Leur mausolée. Votre visage rira tout seul sous le soleil vide. Vous traînerez votre carcasse avec véhémence jusqu'aux abords de la porte de la Chapelle. La configuration des lieux vous rappellera la croix de saint Georges et vous hésiterez sur la partie du symbole à fouler pour vous diriger. Vous demanderez votre chemin à deux fumeurs de crack antillais titubant plus que vous. Vous sortirez le billet estampillé UEFA enfoui dans votre jean pour qu'ils comprennent ce que votre français sommaire et plein de bave ne suffira pas à faire comprendre. L'un d'eux vous dira tout droit tandis que l'autre volera votre laissez-passer. Vous essaierez de le rattraper mais soudain ils auront disparu.

Le public français au Stade de France, il fait pas tellement de bruit. C'est unique au monde. Même les Suisses ils hurlent plus, je suis allé au stade à Zurich une fois. Remarque, ça fait notre charme… J'ai nourri des supporters de partout. Le plus silencieux, c'est le Français, y a pas photo. Les Français ils sont peut-être trop bourgeois pour dégueuler en groupe comme les autres, il doit y avoir un truc. J'ai beau étudier la philo, je sais pas d'où ça vient… Ça chante pas trop en France, *La Marseillaise* du bout des lèvres quand le public est sentimental au moment de l'hymne, sinon, ils ont pas de chants, les Français… Mais tout ce que je te dis, faudrait pas trop le dire, hein, c'est par rapport à mon commerce tu vois… Le côté positif, c'est que même s'ils passent pour des tocards à l'étranger, ils sont moins bêtes quand même que les Anglais et les Allemands quand ils chantent leur *Danse des canards* à eux. Le côté négatif, c'est que les équipes étrangères elles en profitent. Elles savent que le public il est faible au Stade de France, que ce qu'il aime le plus, c'est siffler son équipe nationale, qu'on peut jouer ici comme à la maison… On est un pays timide, c'est tout, je me permets de te le dire même si j'ai pas toujours vécu ici – mais faudra pas l'dire ça, hein, ça faudra surtout pas l'dire qu'on est un peuple timide!... On est incapables de huer un bon adversaire, incapables de faire peur... On dirait que le Stade de France il a une extinction de voix quand les Français jouent. Comme si les spectateurs ils regardaient l'équipe nationale avec la cravate noire que les vaincus de Trafalgar ils ont autour du cou, comme des petits marins en deuil à bord d'un grand bateau fantôme... Je crache pas dans la soupe, je prends leur blé toutes les semaines aux supporters et le commerce du kebab ça m'a permis de faire des études. Mais quand même... La seule fois que j'ai vu les Français vraiment remontés, c'était contre l'Italie en septembre 2006. Le match de qualification pour l'Euro, deux mois après le coup de boule à Zizou. Les Bleus ont mis 3-1 aux Ritals et ça a fait super plaisir à tout le monde, vraiment – ça tu pourras l'dire, hein, ça tu pourras l'dire!... C'est ma plus belle recette en cinq ans: 5 000 € – par contre ces données-là c'est confidentiel, mon ami... Enfin on fait causette, mais le pauvre type qui s'est esquinté l'autre soir ça lui fait une belle jambe tout ça.

Trois cylindres d'écarlate à mèches d'aluminium dissimulés pour tromper la vigilance des stadières à la fouille: la blonde, la brune et la rousse écartent les bras, puis les jambes, dessinant une crucifixion souple, les muscles du périnée crispés sur une composition chimique aux couleurs de leur kop, prêtes à propulser des nuages ensanglantés dans le ciel de la finale. Leur sexe est un arsenal fermé à double tour, à la force de leur volonté. Rêve de match – une Voie lactée sang-de-bœuf. Elles portent un chapeau western Union Jack et un survêtement de coton rouge Adidas qui leur confère une allure d'athlètes saisies dans le moment esthétique de la parade. Leurs yeux sont chaussés de lunettes de soleil Aviateur à verres ambrés. Sous le survêtement se cache un string Red Devils dont la partie pubienne est ornée d'un diablotin rouge à trident sur fond jaune d'or, et aussi un mini-soutien-gorge assorti fermé sur des seins jeunes. Leur épiderme est blanc et ennemi du soleil. La mèche en aluminium des feux fumigènes dépasse de leur sexe blond, brun et roux comme la ficelle d'un tampon hygiénique. Leur besace de vinyle jaune, également ornée d'un diablotin rouge à trident, contient trois grenades fumigènes maquillées en œufs Kinder Surprise, trois stylos lanceurs de fusées de détresse, et des produits cosmétiques. Elles ont les yeux mi-clos et les lèvres entrouvertes scintillantes de gloss alors que trois femmes de la surveillance les palpent avec précaution – mollets, cuisses, fessiers, dos, jusqu'aux dorsaux, doucement. Sous la fente de leurs paupières ruissellent les lumières d'un huis clos à ciel ouvert de 80 000 acteurs. Rêve de finale, un soir de printemps.

(La formule pour créer des foyers d'incendie illégaux et sans danger au Stade de France : 80 % de chlorate de potassium + 20 % de sucre + du colorant + de la paraffine + du papier aluminium + un tube en métal ou en carton épais + un briquet + une cachette vestimentaire ou corporelle indétectable et délicieuse.)

C'est un personnage d'époque aux joues creuses et à la coiffure teintée gris argent, déstructurée et fixée au gel béton. Une figure délictuelle marginale saisie à vif alors qu'elle zone en sandales grecques autour du cadre ovale, sexuel et politique, du Stade (un cadre baroque encore vide pour l'heure, bientôt saturé de figurines rouges et blanches en mouvement de troupes). C'est un petit-maître. Un parasite de la billetterie événementielle d'une trentaine d'années titulaire d'un BEP compta. C'est le rat. C'est le rat, qui s'appelle François. C'est le rat François. Il est à lui seul le Nasdaq des spectacles sur lesquels il prélève sa dîme, tantôt auprès des riches qui s'en foutent, tantôt auprès des prolos qui se saignent. Il finit les petites gens à la main, oserait-on dire (et par perversion, car il serait tout à fait capable d'écouler son stock de billets sur eBay, partout en Europe, par envoi postal sécurisé). On recense étonnamment peu de cas d'agressions de dealers de billets à la sortie des RER B et D. Lui, le rat François, d'aspect frêle pourtant, ne s'est jamais fait battre. L'hypnotique autorité qu'impose un individu qui vous vend de la main à la main, les yeux dans les yeux, un billet au sextuple de sa valeur, demeure l'un des grands mystères religieux de notre temps. L'autorité d'un courtier de trottoir jouant la loi de l'offre et de la demande avec les valeurs fantasmatiques émises par la banque centrale de l'UEFA devrait être davantage contestée à coups de nerfs de bœuf. Mais pour le moment, la violence concerne essentiellement la porte F, avec un début de bagarre inter-supporters assez sérieux impliquant une quinzaine de gros bébés volontaires. La charge éclair de la police montée à coups de matraques sur les supporters dionysiaques, couplée à la puissance d'un miniblindé d'urgence lanceur d'eau à haute pression, met rapidement fin à cette discorde intra-anglaise. Les mauvais sujets de Sa Majesté, en passe d'être menottés, regarderont le match au commissariat ce soir (s'il y a la télé). Le rat François se tient quant à lui à distance respectable de la bataille. Il attend son heure, observe le déroulement du marché noir *live*, compte le nombre de revendeurs autour du stade, le nombre de supporters désespérés mendiant sur des cartons de fortune des billets à «*1500 € at the very most*». Et ils sont nombreux. Lui réussira son avant-match. Après, il déguerpira, car il n'aime pas le football, seulement la vente, art cruel.

On vous verra errer près de l'échangeur de la porte de la Chapelle. Vous ne renoncerez pas si proche du but. Vous ne renoncerez jamais. Vous ne lâcherez pas les vôtres. Vous ne lâcherez pas les frères qui vous ont lâché mais qui assurément vous attendront au comptoir d'une buvette, trahis eux aussi par un bistrotier qui leur servira une bière sans alcool dans une pinte en plastique percée (8 €). Vous vous rendrez au stade coûte que coûte et dénicherez un ticket de choix, sur place, auprès d'un fils de pute de revendeur. Pour vous donner du courage face au néant de votre situation, vous sortirez votre écharpe et la laisserez pendre de votre cou dont elle épongera la sueur éthylique comme une étole sacerdotale. Buvant au goulot un peu de gin transparent comme de l'eau minérale, vous lèverez machinalement les yeux vers les panneaux de signalisation à l'entrée de l'autoroute A1 et déchiffrerez péniblement les mots Saint-Denis et Stade de France. Ces mots vous réchaufferont le cœur car vous vous souviendrez que vous aussi vous vous appelez *Dennis*, et que vous allez au stade. Vous verrez sous les bretelles autoroutières des hommes, des femmes et des enfants surgir et disparaître tels des rats. Vous emprunterez à pied l'autoroute A1. Vous serez le seul véhicule de chair de l'autoroute du nord. Par instinct de conservation, vous serrerez les bas-côtés comme un vieillard agrippé à la rampe d'escalier de la maison où il est né. Un vacarme infect emplira votre âme vide et désespérée de fan ivre de bière et de gin, de haine et d'amour. Vous serez l'incarnation de la négativité sportive. Vous serez l'inverse d'un éditorial dans *L'Équipe*. Vous serez un supporter nietzschéen. Vous confondrez les klaxons préventifs de quelques mères de famille civiques avec les sifflets de l'arbitre final. Supporter à l'échauffement avant la déflagration énergétique dans le kop au coup d'envoi, vous longerez la ligne de touche la plus brûlante de votre vie, jusqu'au stade. Les glissières de sécurité métalliques étincelleront comme des lames mystiques devant vos yeux noyés. Le car de supporters des Red Devils vous dépassera et vous verrez se dresser un massif de médius à votre anus dédiés, à vous, l'ennemi. Votre main glissera le long des plaques de béton chaudes et glaciales du mur-frontière autoroutier. Les yeux fixes et monomaniaques, le visage raide, les lèvres blanches, vous ouvrirez péniblement une 1664 que vous boirez avidement, en continuant votre marche régulière de pèlerin de l'extrême.

Vous serez bientôt comblé en devinant l'antre du Stade de France illuminé à quelques dizaines de mètres devant vous. Vous courrez les bras ouverts vers l'épicentre de la révélation sous les hurlements des véhicules *middle class* à l'entrée du tunnel saturé de l'autoroute A1 filant sous la plaine. Vous prendrez soudain le frais en enfer, dans un brasier orangé, hostile et univoque. Vous serez irradié, criblé par la lumière des phares diurnes, englouti dans un océan de lumière pâle. Vous aurez envie de vomir. Ou d'uriner. Vous urinerez sous un panneau clignotant de limitation de vitesse « 110 km/h ». Vous ne saurez plus si vous avez soif ou envie de faire du stop. Vous rêverez que vous prenez une rasade de gin et qu'à bout de nerfs vous éclatez la bouteille aux trois quarts vide sur la chaussée. Vous ne rêverez pas, et celle-ci se fracassera sur l'aile avant droite d'une Clio blanche qui continuera sa route pour éviter une collision en chaîne dans un déferlement de klaxons. Vous apparaîtrez enfin sur un écran du poste de contrôle de la sécurité routière. Une voiture de sécurité rapide, déjà, sera en route pour vous capturer. Vous vous traînerez encore sur deux cents mètres, plus exposé à la mort qu'un hérisson suicidaire. Un éducateur sportif responsable et inconscient mettra ses warnings et vous dira de monter à bord de son Monospace Seat Alhambra. La couleur rouge corrida de la carrosserie vous fera l'effet d'un fanion. Cinq benjamins du club de football de l'AS Saint-Ouen-l'Aumône en partance pour leur première finale vous regarderont avec terreur et dégoût. Dennis, vous serez bientôt sur le champ de bataille.

Tandis qu'au 70 de la rue du Faubourg-Saint-Honoré, Paris VIIIe, le *sextoy* canard vibreur Sonia Rykiel s'ennuie sur un présentoir de luxe en attendant ses Dianes désirantes, trois cylindres d'écarlate somnolent encore dans les rideaux pourpres du con des hypersupportrices des Red Devils infiltrées ce soir au Stade de France. La féerique trinité mancunienne se sépare en riant sous la bouche de béton qui avale par centaines les supporters de Manchester, et miment dans leur dispersion l'axe géométrique des piques d'un trident imaginaire. Puis les *Devilettes* se perdent dans le flot humain, à peine survêtues. Les fans qui les croisent, traditionnellement infra-verbaux les soirs de match, constatent que le monde du football se féminise, et que cela a du bon, vraiment. Mais où sont-elles passées ?

Là. Poursuivant leur chorégraphie occulte, la blonde, la brune et la rousse se rejoignent à l'intérieur des toilettes *ladies* de la tribune Nord, ouvrent la porte d'un W-C libre, et s'y enferment sous l'œil répugné de supportrices plus conventionnelles. Leur veste rouge, puis leur pantalon, puis leur string infernal tombent. Les trois femmes, à demi nues et laiteuses sur le carrelage blanc, soufflent et se regardent, conscientes d'avoir réussi leur entame de match. Soustraites aux yeux de la multitude, elles forment un triangle isocèle lubrique borné par trois foyers de poils blonds, bruns et roux. L'heure de la délivrance a sonné : chacune des jeunes femmes se penche vers la vulve de sa voisine et tire délicatement sur la mèche d'aluminium du fumigène enfoui. Le tube de métal, humide de l'intimité sexuelle des supersupportrices de l'hypercivilisation du ballon roi, émerge peu à peu des lèvres gonflées de sang, engendrant trois plissements de paupières et trois râles de soulagement qui contestent les hurlements de la masse au-delà. La brune tient désormais en main le témoin de la blonde qui tient désormais en main le témoin de la rousse qui tient désormais en main le témoin de la brune, comme lors d'un relais saphique que seule la France, pays de l'amour et de la littérature, et son stade éponyme, lieu de réunion des dieux du sport de l'ère moderne, sont capables d'accueillir en secret. Puis les trois Anglaises, armées du feu sacré du football inventé sur leur île, remettent leur tenue, se baisent toutes trois les lèvres du bout de la langue, et quittent impudiquement les lieux en se frayant un chemin parmi les femmes qui attendent.

À quelques minutes du coup d'envoi, on retrouve les *Devilettes* en train de se désaltérer avec du Schweppes à la buvette du kop de United – un essaim d'hommes dégradés à la traçabilité sociale difficile à établir. Les lunettes Aviateur des trois divines troublent les buveurs qui les contemplent en entamant des chants d'amour cohésifs et stupides en l'honneur de leur club de cœur, et l'on préférerait passer la soirée avec elles plutôt qu'avec eux.

(Le Stade de France : un nom de baptême à la fois minimum et total, vide et fédérateur, comme si le choix du nom de l'arène avait posé problème, comme si l'incapacité de magnifier le nom du stade par l'évocation de ses héros – le parc des Princes – ou par son inscription dans une temporalité supérieure – le Millennium Stadium de Cardiff – s'était muée en un choix pauvre, une sorte de tautologie politico-sportive ridicule – Stade de France... Le SDF au crépuscule : les changements de lumière subtils sur la cathédrale de Rouen qu'avait tenté de fixer le peintre Claude Monet concernent cette fois le parvis ovale de l'édifice de Saint-Denis, cerné par deux houles contradictoires de supporters rouge feu, tandis que les cavaliers bleus de l'État montent, le visage hermétique et le chef coiffé d'une bombe, des chevaux de cuir pris dans l'informe manège humain autour du vaisseau de lumière. La forme ovoïde du stade : des hommes passionnels tournent en rond autour du plus grand sexe femelle de France, dont le pubis sacré est une pelouse de 11 000 m^2, et qui peut accueillir en lui, sur un mode bisexuel passif et en toute sécurité, près de 80 000 spectateurs assis. Les aiguilles du toit : dix-huit aiguilles d'acier larges comme des phallus de dinosaures soutiennent et transpercent le toit de l'édifice, légère et immense ellipse s'élevant à une cinquantaine de mètres au-dessus de la foule, tels des minarets païens appelant à la prière le chauffeur de stade. Le parvis : les pieds des supporters foulent et broient joyeusement les milliers de journaux gratuits *Direct Soir* ainsi que les milliers de pintes en plastique éventrées recouvrant le sol. Le para-stade : une écharpe humaine à dominante anglaise ponctuée de trublions français qui se resserre autour de la dalle de béton depuis 20 heures, comme un nœud coulant, dans la lumière mordorée du soir en expansion.)

3

Le rat François porte à sa bouche une sucette Chupa Chups goût Coca. Ses yeux traînent, doucement bercés par le clapot humain, puis s'arrêtent sur deux confrères en train de commercer avec de jeunes types de Liverpool. Il les connaît de vue. Il a déjà travaillé dans leur sillage à la fête de *L'Huma*. Il les méprise. Il sait que ces deux-là ne savent pas attendre et n'optimisent jamais la marchandise. Ce sont de simples intermédiaires, en aucun cas des pur-sang de la vente directe. Le rat François préférerait qu'un *deal* lui échappe plutôt que de travailler dans la panique. La somme que ses confrères vont empocher en négociant comme des lâches avec des clients aux abois, lui l'aurait doublée, voire même triplée avec un peu de réussite, à prix ferme. Des vendeurs d'élite, il n'y en a pas beaucoup sur la place parisienne. Cinq ou six peut-être au Stade de France, au-dessus d'une flopée de petits boursicoteurs de terrain qui salopent le travail. La transaction a lieu, les protagonistes se serrent la main, disparaissent. Le rat François sent monter en lui, comme par intuition commerciale, l'excitation d'un proche triomphe à mesure que le stade engloutit par vagues inégales les derniers supporters en gravitation satellitaire autour de l'édifice. L'avant-match touchera bientôt à sa fin. Moment d'accélération pure : en une poignée de minutes, la foule déjà moins compacte, désolidarisée, trouée de vide, se hâtera vers les portes d'accès et fera soudain place nette au néant humain sur le parvis déserté, comme de l'eau filant par tourbillons rapides dans le trou d'évacuation d'un évier. Le rat François aime cet instant préorgasmique de dislocation précipitée de la foule, quand il sait que le temps de la transaction approche, fatal et sale. C'est à chaque fois le même goulet d'étranglement, le même rétrécissement du choix pour la victime, la même pulsion d'achat morbide, indépendamment de la programmation – « Night clubbing David Guetta », « Vampire Open Night », « Ben-Hur », « Mitterrand Revival ». Cette arnaque-ci se nourrira de l'élection imminente d'un faible. Du plus faible. Non pas les quelques supporters frustrés mais lucides qui continuent d'errer à deux ou trois en quête de billets dans un oppressant linceul de douceur printanière, mais le dernier supporter, seul, à bout de force, offert dans un désert de papiers gras.

Livide, vous récupérerez quelque force au snack-buvette Chez Jojo, devant un sandwich brochettes, des frites et une pinte de bière Amstel. Votre organisme d'alcoolique au long cours se régénérera à une vitesse miraculeuse pour votre grand come-back sur la scène de la finale. *The most amazing come-back ever, Dennis!* Le taux anormalement élevé de gamma GT dans votre sang dissipera l'alcool ingurgité depuis vingt-quatre heures sept fois plus vite que la moyenne des buveurs européens. Votre cerveau nauséeux bénéficiera de quelques éclairs de lucidité. Vous saisirez l'urgence de la situation face à la clientèle clairsemée autour de vous, face à l'absence complète de supporters partis s'installer dans les tribunes depuis belle lurette. L'angoisse vissée au ventre, vous vous mettrez rapidement à la chasse au billet. Paniqué, vous déambulerez autour du stade dans les entrailles duquel les retardataires s'enfonceront comme des fourmis dans la terre. Vous entendrez gronder les tribunes des chants que vous aimez. Votre cœur battra la chamade. Vous écumerez de rage. Vous saurez d'ores et déjà que vous ne serez pas ce soir aux côtés de votre kop. Vous saurez que dans une poignée de minutes le match de votre vie commencera sans vous, à jamais. Vous traquerez des yeux les vendeurs à la sauvette qui pourraient vous sortir de cette impasse, mais ils se seront déjà tous sauvés. Le stade vous semblera une poche de plasma incandescent, un bloc d'énergie pure duquel vous serez exclu. Vous aurez les larmes aux yeux. Vous admirerez les hauteurs du temple sportif, ovale et mirifique anneau de Saturne illuminé dans le crépuscule ensanglanté et réfléchi ce soir sur tous les écrans de télévision de l'univers. Vous ne désirerez rien tant en ce moment que l'apparition d'un salubre petit escroc français qui vous refilerait un billet de dernière catégorie contre une somme lamentable. Furieux, vous enlèverez votre maillot et, torse nu, vous vous en remettrez au talismanique numéro 7 du King Kenny, souillé de la crasse et de la sueur de votre longue marche. Vous serez le pèlerin interdit de cité, le chevalier errant qui n'assistera pas à la mise à mort de ses ennemis héréditaires. Vous serez un fauve édenté contraint de vous déchirer la tête à la bière sans alcool sur le parvis vide du stade en fusion parce qu'un fumeur de crack dégénéré vous aura volé votre billet. Vous serez le plus grand loser de tous les supporters passés, présents et futurs. On rira à vos dépens dans tous les pubs du

Merseyside jusqu'à la fin des temps. Vous deviendrez le sujet d'un chant d'humiliation que chanteront des générations et des générations de hooligans. On chantera de père en fils la complainte de Dennis-le-loser-du-Stade-de-France. Épuisé, pris de tremblement, au bord de la rupture psychique, vous lèverez les bras au ciel comme un dément et hurlerez : « Pardon ! » Et soudain il sera là, assis sur un muret, les jambes croisées, presque lascif. Il vous regardera en souriant, comme un frère, comme un contemporain. Il tapotera sur sa montre pour vous signifier que le match va bientôt commencer. Il agitera le fabuleux billet devant vos yeux incrédules. Vous viendrez à lui en silence. Vous prendrez votre portefeuille dans votre sac à dos. Vous comprendrez ce qu'il veut et ce qu'il veut c'est : tout. Vous lui remettrez sans négocier l'équivalent de trois fois votre paye hebdomadaire de vendeur de pneus rechapés grâce à quoi vous comptiez finir la nuit en beauté à Pigalle, avec les copains. Vous lui direz merci en français. Il vous dira : « Porte E derrière toi, vite ! » Vous vous précipiterez vers la porte E. Vous passerez votre billet dans la borne magnétique de contrôle. La machine vous refusera. Vous recommencerez. Vous échouerez de nouveau, encore et encore, toujours. Vous aurez des envies d'assassin. Un stadier viendra vous aider. Il vous apprendra que vous pourrez revenir le lendemain, après le match, pour visiter le stade. Il sera poli mais ferme, juste mais fonctionnel, hermétique comme un petit cadre de l'armée de terre sur un checkpoint. Vous ferez un scandale. Il craindra pour son intégrité physique devant votre faciès bestial. Trois malabars de la sécurité viendront vous jeter dehors sans ménagement. Vous serez définitivement un pauvre type. Les portes se fermeront. Vous serez en prison à l'extérieur du stade. Supporter martyr et martyr tout court, comme saint Denis décapité en 272, vous marcherez, hagard. Pris d'un coup de folie, vous essaierez d'escalader les grilles de l'enceinte.

C'est la première fois que je voyais un grand blessé… Quand je prends le métro, ça m'arrive de penser qu'il y a un type qui va se jeter devant moi sur la voie, mais c'est jamais arrivé. T'imagines le pire dans ta tête mais ça arrive jamais en vrai devant toi ce genre de trucs. Je pensais pas à un accident comme ça au Stade de France. À la limite, t'as peur d'une bagarre générale, que des mecs ils cassent ton outil de travail, mais un Anglais qui va s'empaler sur les grilles du stade, ça non ! Je sais pas comment il a fait son compte. Elles sont hautes les grilles, et puis lui c'était une grosse carcasse, faut réussir à monter. Faut en vouloir… Son match, le mec, il le voulait, y a rien à dire là-dessus. En fait, je l'ai pas trouvé tout de suite. C'est en allant au stade après avoir fermé la camionnette, à peu près au milieu de la première mi-temps, que j'ai entendu gémir. Je suis allé voir. L'horreur : il avait la tête qui pendait côté stade et les guiboles dans le vide… Les piques des grilles, il les avait dans le bide… Dans le bide ! J'ai couru pour le bouger mais y avait rien à faire. Il gémissait, y avait du sang qui coulait sur la grille, j'ai cru qu'il allait crever devant moi… J'ai voulu le soulever par les jambes, mais il était trop lourd, il faisait masse. J'ai couru prévenir la sécu et on a essayé de le décrocher à plusieurs. Impossible : plus on le bougeait, plus les grilles elles lui rentraient dedans ! Les pompiers sont venus rapidos mais eux non plus ils y arrivaient pas. C'est les mecs des services techniques qui ont dû découper la grille à la tronçonneuse. S'ils avaient pas coupé le métal aussi vite, le gars il serait mort. Après ils l'ont porté à quatre. Réanimation, direction l'hosto… C'est triste. Ce type a eu de la chance que j'arrive en retard à la finale, vraiment. Et dire que moi pour chaque match j'ai une invit' avec un copain qui fait la pelouse – mais faudra pas le dire, hein, faudra pas le dire…

L'auréole du stade dessine dans le crépuscule un nœud de lumière visible depuis Vénus. Les rois de France dorment pour toujours dans leur nécropole de la basilique Saint-Denis. Les Européens regardent la télévision, aux côtés des Dionysiens et des Balbyniens du 93. Le vent est nul et la température extérieure idéale – 25 degrés Celsius. La chouette hulotte a dû se lever tôt ce soir dans sa demeure céleste aménagée sous le toit du SDF, victime des nuisances sonores et de la lumière abrasive des 454 projecteurs allumés. Les joueurs des deux légions étrangères opposées sous label britannique – une savante organisation de mercenaires bataves, italiens, irlandais, espagnols, français, allemands, croates et argentins, plus un international liechtensteinien (il n'y a pas d'Anglais sur la pelouse) – avancent tendus, sur deux colonnes serrées, dans le tunnel d'accès au terrain. Manchester jouera en rouge, Liverpool en blanc, tous les supporters en rouge, l'arbitre en noir, la télé en couleurs. « I Gotta Feeling », le tube universel *cool* des Black Eyed Peas, nappe les lieux d'un coulis sonore prophétique, spatialisé par une supersono *ad hoc* – 36 blocs de 5 enceintes, 250 000 watts, indique www.stadedefrance.com : *I gotta feeling that tonight is gonna be a good night.* La pelouse, copieusement arrosée en fin de journée pour accélérer la course du ballon le plus important de l'année, scintille sous les lumières excessives. Le speaker du Stade de France s'apprête à chauffer le public, pourtant déjà lyrique depuis une bonne heure, en demandant villageoisement : « Est-ce que vous êtes là ? / *Are you here ?* » Les tribunes Nord et Sud, où sont respectivement massés les kops de Man U et de Liverpool, s'insultent sans chichis au point que soudain on n'entend plus vraiment la rengaine communautaire des Black Eyed Peas, seulement deux blocs de haine unidirectionnelle se répondant superbement en écho.

En tribune intermédiaire, dans l'axe du but, on aperçoit, parmi le peuple surexcité des Red Devils, quatre hommes d'affaires en costume noir dont les manches de veste froissées dépassent d'un maillot mancunien à manches courtes ; à leurs côtés s'agite un gang de fans XXL torse nu et imberbes, maillots noués autour de la taille, qui brandissent en chantant l'écharpe de United. Sur la rangée supérieure se tiennent trois femmes, buste nu, dont la blancheur abdominale tranche sur la masse rouge des supporters dans la tribune bondée. Elles portent des lunettes de soleil, un chapeau western Union Jack, ont enlevé leur veste de survêtement. Leurs seins de revue sont compressés par un mini-soutien-gorge jaune d'or arborant un diable mutin. Les trois grâces sourient, vacillent doucement debout sur leur siège, comme des images éternelles, comme une flamme. On ne voit qu'elles. On a envie de ne voir qu'elles. Elles sont le show. Elles sont l'image sublime de la célébration sans fin et du jeu qui sans cesse recommence.

Femmes fumigènes, prêtes à allumer le feu sacré extirpé du plus intime des fourreaux pour l'embrasement du kop, enfin. Elles ouvrent leur besace, sortent les trois grenades maquillées en Kinder Surprise, allument la mèche d'aluminium qui se met à pétiller, arment leur bras comme des lanceuses de javelot, le détendent. La petite bombe chocolatée file vite, loin, tombe sur la pelouse, juste derrière les cages. Trois foyers de fumée se déclarent rapidement, qui barbouillent une première fois la limite du terrain en jaune. Puis la triade mancunienne fait un usage studieux des stylos lanceurs de fusées de détresse. Les jeunes femmes visent le ciel, déclenchent le bruit mat et morbide d'une arme à feu – trois torches rouge sang naissent dans le vide, tournoient dans les hauteurs avant de descendre en pluie sur la pelouse et de se mêler à l'épaisse fumée jaune des grenades. On ne voit plus les buts, seulement un feu qui croît. Puis c'est au tour des fumigènes clandestins d'être empoignés : la brune, la blonde et la rousse tendent les feux à main le plus loin possible devant elles, vers les deux équipes alignées sur la pelouse face aux tribunes latérales en liesse, allument la mèche en riant, et les kamikazes sans cause se consument peu à peu dans un brasier d'écarlate.

Un Français dans l'espace

On marchait dans Alger quand Mehdi m'a raconté un truc sur lui et son compère Rafik, l'ancien chanteur d'un groupe de *black metal* aujourd'hui réalisateur de films de genre. Un jour, Mehdi lui demande de l'accompagner pour voir un documentaire sur le spationaute Thomas Pesquet. « C'est quoi exactement ? » lui demande Rafik. Mehdi précise : « Un documentaire sur un Français dans l'espace. — Un Français dans l'espace ! ? » Rafik éclate de rire. « Tu veux que je vienne avec toi pour voir un Français dans l'espace ? » Depuis, c'est un joke entre eux : « "Un Français dans l'espace"… »

J'ai aussitôt pensé à ce titre de *Libération* pour la sortie de *Greystoke, la légende de Tarzan*, film sophistiqué et ridicule du début des années 1980 *starring* Christophe Lambert : « Le roi des singes est un Français ».

Nous sommes passés devant la pharmacie L'Orchidée, à quelques pas de l'Aérohabitat du quartier de Télemly, longue barre en suspension dominant Alger sur le modèle des unités d'habitation marseillaises de Le Corbusier. Petite utopie de béton du début des années 1950, aujourd'hui défraîchie, couverte de paraboles pour saisir les signaux satellitaires du monde entier. On a franchi l'édifice en suivant l'avenue Krim Belkacem. « Les escaliers là-bas, ils filent vers le centre, rue Debussy puis Didouche Mourad. Je les prenais le vendredi pour le Hirak. La place était remplie de flics et de fourgons, le toit de l'Aérohabitat squatté par une poignée d'habitants et de photojournalistes… » Je voyais bien la scène avec son côté théâtral, quasi expressionniste : deux groupes homogènes en opposition statique au sol, les forces de l'ordre *vs* la population, *plus* quelques manifestants retranchés dans les airs, armés du seul feu numérique. « Et là à droite, le tarif c'était une double rangée de policiers casqués qui barraient le boulevard… À dix minutes tu trouves les Beaux-Arts. J'ai failli m'y inscrire. À l'époque je voulais faire de la BD… » J'ai voulu savoir s'il y avait des choses à lire sur le Hirak, des choses un peu fines et obliques, des livres. « Il n'y a pas encore eu beaucoup de littérature sur le sujet. Trop tôt, et puis la littérature de l'urgence, on a déjà fait, ça vieillit mal… »

J'avais rencontré Mehdi lors d'un atelier d'écriture donné à Bab el-Oued en compagnie de l'écrivain Yves Pagès dans les locaux des éditions Chihab. C'était, pour lui et pour moi, un peu par hasard d'ailleurs, le premier atelier que nous donnions. À l'époque, je n'en avais rien à foutre des ateliers d'écriture, que j'assimilais à de l'animation socioculturelle – le *creative writing* était assez loin des pratiques de ma génération, à tort certainement, du moins sous certains aspects. N'étant pas de la famille des ingénieurs du texte spécialistes en « consignes d'écriture », mon *partner* et moi avions fait comme nous pouvions, en proposant des « sujets », en naviguant à vue, en circulant fébrilement parmi les participants des deux sexes, en commentant leurs écrits – en improvisant largement. Les filles avaient été les plus explosives : punkette à la prose enragée, auteure de roman noir mettant en scène une héroïne siliconée organisant des parties de poker clandestines chez elle l'après-midi, femme traumatisée par les barbus qui l'avaient regardée accoucher à l'hôpital… Nous assistions à notre manière, en *live*, au désir de création d'une nouvelle génération d'Algérien.e.s, au sein d'une société à cinquante vitesses. J'étais français, je voulais bien faire, mais j'avais l'impression de marcher sur des œufs. À tort. Il suffisait de laisser les choses prendre forme et elles avaient pris forme. J'étais resté en contact avec Mehdi, l'un des plus talentueux du stage. Il m'avait envoyé quelques bons textes – des textes courts : *Ismaël*, une partie d'échecs mutique dans un jardin où l'ombre peu à peu gagne la partie… *Trip*, trajet halluciné au fond d'un autobus… *Le Pistolet*, nouvelle où rôde le spectre de Burroughs… Mehdi voulait écrire et se faisait la main.

— Sur ta gauche c'est le parc Beyrouth. Je m'y posais parfois pour manger un « complet escalope » quand je travaillais dans le quartier.

Réverbères néoclassiques devant la grille d'entrée, cèdres resplendissants, immobiles dans la torpeur, feuilles scintillantes, deux berlines noires stationnées, la peinture brûlante à l'œil. Sandwich « complet escalope »… Roland Barthes eût-il analysé de la même manière l'effet de réel à partir d'*Un cœur simple* de Flaubert si le baromètre accroché au mur près du piano dans la salle de Mme Aubain avait été remplacé par un « complet escalope » posé sur la table à manger ? Motivation du détail bourgeois *vs* émancipation politique étrange de la formule ? Peut-être le repas de Félicité…

— Et le quartier d'El Biar, c'est loin ?

— Non, c'est plus haut derrière, sur les hauteurs.

— Un jour, une chanteuse amatrice, une amie d'ami qui a grandi là-bas, m'envoie un clip autoproduit où elle célèbre les jardins en dansant devant la mer… Un truc nostalgique, un peu à la Dalida. *Dans les jardins d'El Biaaaar…* sur fond de vagues et de danse arabisante. Rien de bien végétal, de l'eau et du vent… elle a démotivé sa chanson !

— El Biar, c'est le quartier d'enfance de Derrida.

— Il y a une boîte de travaux publics en Île-de-France dont j'admire le nom : « Déconstruction Marto ». Des spécialistes de la démolition.

Mehdi était plutôt un constructeur. J'avais découvert par hasard sa signature dans *Fassl*, une jeune revue de critique littéraire algérienne éditée en français et en arabe dont le deuxième numéro, consacré à Mohammed Dib, m'avait été adressé électroniquement. Dib était-il connu en France ou tombé dans l'oubli, malgré une cinquantaine de livres publiés ? Sa « Trilogie Algérie », composée de romans écrits au début des années 1950 – *La Grande Maison*, *L'Incendie* et *Le Métier à tisser* –, bénéficiait en tout cas d'une nouvelle édition chez Barzakh à Alger, avec de rares photos de l'époque coloniale prises à Tlemcen par l'auteur lui-même. Mehdi s'était intéressé pour sa part à *Un été africain*, publié en 1959. Le roman met en scène, sur fond d'inquiétude liée à de troubles « événements », une microsociété traditionnelle en train de se fissurer : une jeune femme voulant devenir institutrice malgré les résistances de sa grand-mère, un homme de peu en pleine crise existentielle, un autre encore, témoin de la mise à sac d'un village par les Français… J'avais lu la prose de Mehdi avec plaisir et appréhension : vers quoi se dirigeait son œil ? quel rapport entretenait-il avec la critique ? quel était son lien avec *Fassl* – la saison et le chapitre en arabe ? J'avais été frappé par son élégance et son tact pour cerner Dib, pour suivre l'écrivain au cœur d'une maisonnée « éclairée comme un théâtre », pour restituer la force géologique de ses personnages. Mehdi avait du talent pour faire parler le romancier et pour parler tout court. J'aimais sa manière, sa voix, la « détonation sous une lune muette » qu'il nous faisait entendre, ce temps confus du « début de la riposte ». Riposte, le mot était toujours de saison en Algérie.

— Tu sais que Dib a vécu quelques années à Meudon à partir de 1964 ?

— Ah non… Après Céline, donc, mort en 1961.

— Dib et Céline, qu'auraient-ils eu à se dire ?

— Ils auraient parlé de l'exil ! Remarque, il y a toujours plus exilés qu'eux… Là on passe sur le pont des suicidés.

— Il y en a un dans chaque ville qui se respecte.

J'ai pensé au pont Schuman de Brest, qui mène à la fac qui ne mène nulle part et tout au long duquel ont été installés d'infranchissables et sadiens parapets… J'ai pensé à cette vieille boîte de nuit spécial extrême fin de nuit, Le Manège, où on allait après la fermeture de tout, mais je ne sais plus si elle était pile au pied du pont, prête à recevoir d'improbables clients tombés du ciel. Et puis j'ai compris qu'on marchait sur un immeuble… Que le pont était un immeuble… Que le sommet de l'immeuble était une route… Que l'on marchait sur une route qui était une toiture…

— Ça t'étonne ?

— De marcher sur la tête des gens, non. De rouler dessus non plus.

— On peut voir ça comme ça… Certains ont voulu accrocher des cadenas d'amour au garde-corps comme sur le pont des Arts à Paris, mais des jeunes bas de plafond les ont direct arrachés.

— C'est quoi ce que tu veux me montrer ?

— Pas un Français dans l'espace…

— Merci du tuyau.

— Ce n'est plus très loin. Et toi, pourquoi tu n'écrirais pas quelque chose sur l'Algérie ?

— Quelque chose sur l'Algérie… C'est plus à toi de le faire, non ?

— Peut-être, mais rien ne t'en empêche. Alors, qu'est-ce que tu écrirais ?

— Ce que j'écrirais…

Un bâtiment m'avait un jour magnétisé, l'ancien hôtel Aletti, rebaptisé Es-Safir, « L'Ambassadeur », palace d'État surplombant la gare ferroviaire et la zone portuaire, à deux pas du Parlement. On y était passés un soir mais on n'avait pas pu y prendre un verre – c'était un soir saint et donc un jour sans. Beauté fanée des salons Art déco, luxe fantomatique du décorum pâli… J'avais regardé par la baie vitrée du bar, et il y avait ce square en bas où des ados se défonçaient et dealaient des drogues de synthèse low cost, face à un palace où ils n'auraient jamais mis les pieds. Charlie Chaplin avait inauguré l'établissement en grande pompe mais ce soir-là le bar était sec. J'avais revu deux ou trois ans plus tard la façade d'Es-Safir, mais l'hôtel avait entre-temps été racheté par un groupe d'investisseurs. Il était masqué par des panneaux publicitaires géants, comme une bijouterie de la place Vendôme à Paris, « déconstruit » derrière ses murs extérieurs, en attendant la fin de sa rénovation et donc l'accueil d'une clientèle de choix. Un rendez-vous en forme de réservation manquée. L'idée de palace d'État me plaisait.

— … je ne sais pas, je ne suis pas suffisamment ici… Peut-être un roman noir à l'hôtel Es-Safir… Un huis clos bizarre… Mais il a été rénové, *game over*, il y a un temps pour les choses, ça ne serait pas pareil.

— Qu'est-ce que tu aurais raconté ?

— Hmmm-hmmm… Un truc paranoïaque… Un colloque dans l'auditorium sous-terrain de l'hôtel…

— Thème ?

— Thème… « La blancheur en Algérie »… Il y aurait de grands esprits et beaucoup de petits… des barbouzes… et une espionne qui fumerait des cigarettes électroniques – en réalité une escroc, sur place pour voler un général…

— Et ce serait quoi son intervention au colloque ?

— Elle dirait… Elle dirait… « Chers participants, cher Mehdi, c'est un honneur d'être parmi vous ce soir à Alger… J'ai connu il y a un an une expérience de mort imminente… Je… Je voudrais vous raconter ce que je sais de la blancheur… »

— Ah oui, quand même. Un jour, qui sait.

On a continué sous le cagnard. À cette heure précise j'aurais préféré une voiture et la nuit et la fraîcheur d'une vitre baissée mais c'était ainsi. Je ne sais pas ce que faisait Mehdi en ce moment. S'il avait un boulot, s'il gagnait sa vie, s'il ne la gagnait pas et travaillait pour lui. Où voulait-il m'emmener?

— Tu vois cet immeuble, au rez-de-chaussée c'était l'ancienne librairie Ta Page. La nièce de l'écrivain Mouloud Mammeri est proprio du local, c'est elle qui louait le fonds de commerce. La librairie a tenu trois ans. Tu regardais les livres pendant que la libraire écoutait Barbara. Mais comme la majorité des romans en Algérie sont importés, les droits de douanes ont mis la librairie à genoux et elle a fermé. Ensuite c'est devenu une pâtisserie, puis une boutique de caftans, ou le contraire je ne me souviens plus. Les caftans c'est pas mon truc et la pâtisserie, je n'y suis jamais entré, je ne me voyais pas me bâfrer avec un éclair au chocolat là où j'avais discuté de Pavese et de Pessoa avec la libraire.

— Elle avait du passage?

— Bah, la rue n'est pas très passante. Et souvent on lui demandait si elle faisait des photocopies. Ça l'exaspérait. Elle a fini par coller un papier sur la porte pour dire que non.

— Tapage! Dans une rue silencieuse! Top! Dis-moi, Mehdi, si un jour tu publies, tu préfères publier en France ou en Algérie?

— Être édité en France, pourquoi pas… J'y pensais vaguement à une époque parce que je trouvais mes textes marginaux par rapport à la production algérienne, aux thématiques abordées dans les romans que je voyais en vente, mais l'édition s'améliore ici, elle s'est diversifiée – il y a de bons éditeurs, de bons textes plus souvent, des livres de meilleure qualité.

— Si tu as quelque chose à faire circuler, n'hésite pas.

— Je n'en suis pas là.

— J'ai soif.

On a fait une pause au So French Deli, un petit fast-food à la devanture rose dirigé par des Français revenus au bled. Le local était installé face au lycée de filles Zineb Oum-El-Massakine, ex-Sainte-Élisabeth – stratégie commerciale –, mais ce jour il n'y avait pas classe – fatalité sociale. Déco *american style* et lumière amniotique cool. Ambiance *sunset colors*. Sur le comptoir, une tour Eiffel décorative lumineuse. On s'est posés sur une banquette en moleskine puis Mehdi est allé commander. J'ai enlevé l'opercule d'une canette jaune citron Hamoud-La Gazouz Blanche… Hmmm, une canette glacée Hamoud-La Gazouz Blanche, « depuis 1878 »… Un ruissellement de fraîcheur… L'essence de citron et la finesse du gaz carbonique après les sévices solaires d'une marche urbaine sous le cagnard… dans ma gorge en feu… Hamoud-La Gazouz Blanche, bienfaitrice de tous les assoiffés du monde… Hamoud-La Gazouz Blanche, ni BETC Euro RSCG ni aucune boîte de pub de fils de putes de menteurs d'arracheurs de dents n'arriverait à chanter tes louanges… Hamoud-La Gazouz Blanche, la boisson des dieux… Une autre limonade, chef ! Puis « salut les gars ! », et on est repartis, solides et liquides.

— Mehdi, je me sens neuf, je veux faire le tour d'Alger à pied.

— Pas besoin, on arrive bientôt.

Ville et sieste. Rue et silence.

Venelles serpentant vers les hauteurs. Escaliers verticaux. Immeubles en contrebas, à flanc de ville, phosphorescents et blêmes. Un antiquaire fermé. Puis une placette formant un belvédère, devant une mosquée blanche.

— La mosquée El-Wartilani.

— C'est là que tu voulais m'emmener ?

— Oui.

— Qu'a-t-elle de remarquable ?

— Écoute, il est temps que tu t'améliores. Que tu adoptes des valeurs supérieures à la littérature. Que tu changes de foi, pour ce qu'il t'en reste.

— Tu plaisantes ?

— Oui. Suis-moi, le spectacle c'est par là !

Des lueurs marines pullulaient autour d'un immeuble délabré, suspendu dans le vide. Gothisme urbain postcolonial. Béton effondré, fenêtres et balconnets livides, éventrés, en guenilles. On s'est assis sur un banc, en silence.

— C'est la maison Usher d'Alger ?

— Je ne connais pas l'histoire de cet immeuble, mais oui, ça y ressemble… Mais pourquoi toujours vouloir t'enfermer pour parler d'Alger ? L'hôtel Aletti, maintenant la maison Usher… Hey, ho, respire !

— T'as pas tort.

— Imagine que c'est une station spatiale abandonnée… Une ancienne base scientifique…

— Un truc pour un Français dans l'espace, quoi.

— Ou pour un Algérien sur Terre.

Mehdi a pris quelque chose dans son Eastpak et m'a tendu une grande enveloppe en papier kraft.

— Tu me diras ce que tu en penses. Mais pour répondre à ta question de tout à l'heure… je crois que je préférerais être publié en Algérie.

Nous avons considéré la ruine au soleil.

Allô ?

— Bonjour, Dominique Dumas, société Rénov' fenêtre... Dans le cadre du plan Habitat Plus pour la lutte contre les nuisances sonores, nous aimerions connaître vos besoins en matière de fenêtres à changer...

— Merci pour votre proposition, Dominique, mais je suis en pleine réunion professionnelle avec moi-même... Vous m'appelez d'où ? Vous avez le droit de le dire ?

— Il serait en effet dommage de ne pas profiter des possibilités de crédit d'impôt qui s'offrent à vous... pour le choix de vantaux à double vitrage en PVC nouvelle génération.

— Je me suis mal fait comprendre, Dominique... je n'ai malheureusement pas de fenêtres à changer... Je travaille dans un lieu sans ouverture. Ni fenêtre ni porte, juste un câble numérique planté dans un mur.

— Ah dommage... Bucarest, monsieur, je vous appelle de Bucarest, Roumanie, pour le compte de la société Rénov' fenêtre France. Je vous comprends et vous souhaite une bonne journée.

— Courage.

— À vous aussi. Sans fenêtre pour vous aérer.

— C'est quoi votre vrai nom ?

— *Alexandru.*

— *Courage, Alexandru.*

— *Merci. Il en faut. Je suis payé à la vente. Aujourd'hui il y a plus de marchands que d'acheteurs de fenêtres, même avec le crédit d'impôt…*

— *L'enfer ! Combien coûte une fenêtre avec le crédit d'impôt ?*

— *Rien, la première est gratuite. L'État français vous offre 500 € pour vous inciter à en acheter une deuxième.*

— *Vraiment ?*

— *Oui, monsieur… 500 € !*

— *Je vais donc vous en prendre une.*

— *Félicitations !… mais nous ferons comment pour la livrer si vous n'avez pas de porte ?*

— *Sage remarque, Alexandru, d'autant plus que je vous ai bien précisé ne pas avoir de fenêtre non plus…*

— *Je peux établir une note de contrainte technique.*

— *Non… Montons un dossier et donnez-moi 500 €.*

— *Monsieur, c'est une proposition malhonnête.*

— *Au contraire, Alexandru… Partageons. En Roumanie, c'est beaucoup d'argent.*

— *Attention, monsieur… Notre conversation est peut-être enregistrée.*

— *Cher Alexandru, j'essaie de vous arranger le coup, mais si cela ne suffit pas… Je vous laisse, j'ai un travail en cours qui exige la plus extrême des concentrations. Rappelez-moi plus tard.*

— *Plus tard ? Ne quittez pas, on va trouver une solution…*

— *Alors livrez-la-moi, on verra bien par où vous passerez. Songez-y. Win-win…*

Or comme ordure

1

Je regarde le carton sortir du local à déchets puis quitter progressivement mon champ de vision dans le couloir silencieux, la lumière est faible, un halo de ténèbres cerne la boîte de plus en plus petite au fond de la perspective, l'hôpital semble désert, je tiens dans ma main gauche l'autorisation d'élimination des pièces anatomiques qui vient d'être signée par l'infirmière hygiéniste, le membre ou l'organe à évacuer gît dans le carton Anabox, réduction verbale d'Anatomic Box, et le carton n'est bientôt plus rien au fond du couloir, rien, et déjà sans que je le voie un agent hospitalier a retiré sur le colis l'étiquette d'identification du patient, moi, afin de le rendre anonyme, puis c'est un transporteur qui s'en empare pour l'incinération, loin, où ?, et le couloir est désormais vide, vide, vide, et mes yeux sont exorbités, emplis d'une lumière cotonneuse, glacée, sous morphine. Je cherche désespérément ma main coupée, palpe mon poignet sectionné à la scie chirurgicale, enserre mon moignon gavé d'anesthésiant et bandé d'un suaire antiseptique.

Où est ma main ? où part ma main ?, j'aimerais la faire revenir. Qu'on la ressoude à mon poignet, que la boîte anatomique remonte le couloir lugubre, qu'on ouvre le cercueil où gît mon membre, qu'on en sorte ma paume et ses doigts, qu'on la recolle comme on peut, à la glu, avec des fils de fer ou des broches. Où est ma main ? où ? Je me réveille en sursaut dans ma chambre du BritHotel de Langueux, sur la voie express à l'entrée Est de Saint-Brieuc : non, ma main est bien là, accrochée à mon poignet, dans le prolongement de mon vieux bras, et n'a pas été amputée de l'autre côté de la baie, à l'Hôpital privé des Côtes-d'Armor, fleuron de l'architecture médicale nouvelle génération que j'ai visité hier et qui m'a doublement évoqué, sur ses abords, un siège de multinationale dans une banlieue de Toronto et, en son sein, un motel expérimental où la douleur n'existe plus.

C'est l'aube. Je prends mon Sony Reflexe FULL FRAME. Depuis la fenêtre de ma chambre, par-delà la quatre voies qui coupe Saint-Brieuc et son agglomération en deux, j'ai une vue imprenable sur le Dorcel Store, sex-shop géant installé dans un bâtiment commercial gris anthracite qui jouxte l'enseigne de réparation automobile Point S. Je veux saisir le tout comme un paysage urbain : et l'anémie du trafic véhiculaire à cette heure matinale, et le supermarché du sexe qui baigne dans une lumière neuve, sous des lambeaux de brume. L'enseigne brille, rose et blanche, obscène et radicale dans sa contestation des valeurs bourgeoises qu'elle parodie et tente de détruire : « X-Dorcel Store, luxure depuis 1979 ». La lettre X est inscrite dans un logo en forme de cachet de cire.

C'est plutôt réussi, tellement français. Nous y sommes : le sexe pur a rejoint le commerce pur. L'essence du capitalisme s'exhibe et tapine sur la plus grande route de la région. Je zoome davantage, shoote l'enseigne seule, en ouvrant puis en fermant la fenêtre oscillobattante de la chambre qui devient un élément du décor, un écran entre moi et le sujet. Ça y est, j'ai ce que je veux.

Je rencontre Jacques Simonet pour la deuxième fois de la semaine à la Recyclerie, un café situé dans un entrepôt rénové à deux pas de la gare. Il exerce les fonctions de DAC – directeur de l'action culturelle – à la mairie de Saint-Brieuc. Simonet est un quadra timide à l'origine du projet *#2032 dans le 22, un panorama des Côtes-d'Armor aujourd'hui*. C'est lui qui a contacté mon agent pour que je photographie « Saint-Brieuc-Armor-Agglomération, capitale européenne de la valorisation du déchet ». Photographier la capitale du déchet à 4000 miles de chez moi… Spontanément, j'ai trouvé ça gonflé. Puis excitant. Mon agent a demandé 30000 €, ça a tiqué. J'ai appelé directement Simonet. Je lui ai dit que je ne photographiais pas les mariages et que je n'allais pas traverser l'Atlantique pour photographier ses poubelles contre 100 $, qu'il se renseigne sur le cachet d'Eggleston pour photographier Dunkerque au début du siècle. Simonet a pris sa respiration : « OK OK OK, on a des fonds de Bruxelles… » Je me suis renseigné sur Saint-Brieuc, un bled du littoral nord de la région Bretagne, tout au bout de l'Europe occidentale, dotée d'un festival de photoreportage sobrement appelé Photoreporter.

J'ai regardé la liste des invités et contacté un copain polonais qui y a exposé une série sur l'extrême droite à Varsovie. Il m'a dit : « Personne n'aime cette ville, je ne comprends pas pourquoi. Fonce. » Une commande loin de Toronto avec la possibilité de dérouiller mon français… Banco, et j'ai fixé mes conditions : dix jours sur place au début du printemps, accès à tous les sites et personnes de mon choix, prise en charge intégrale de mes frais professionnels, mise à disposition d'un assistant technique de bon niveau connaissant bien le coin, et naturellement pas de censure. « Alors, monsieur Duff, tout va comme vous l'entendez ? » Je propose au DAC de m'appeler Donald, comme tout le monde. Il rougit. « Oui. Je suis très content avec premières photos. *I feel myself like a VIP* de l'ordure. » Puis il me demande comment ça va avec mon assistant. Je n'ose lui avouer que Fred est un incompétent. Il sort de l'école Louis-Lumière mais il est resté éteint. Il me sert uniquement de guide touristique et de GPS. « Fred est absolument parfait, *good job together*. » Simonet m'écoute mais je sens que quelque chose ne va pas. Il passe aux aveux : « Donald, nous avons reçu vos premières notes de frais : nous en sommes déjà à 4 000 € en quatre jours ! » Je le réconforte aussitôt : « *My friend Jacques*, j'ai besoin de connaître région à fond. Normal que je vais faire un tour au casino de Saint-Quay-Portrieux. *But don't be afraid*, vous aurez retour sur investissement. Je vais *upgrader* l'image de votre mal-aimée capitale de l'ordure… C'est pour ça que vous m'avez appelé, *no* ? *I'm myself included in* le processus de valorisation. »

En début d'après-midi, je rencontre Didier Lamour, médaille d'or au grand concours Zéro Déchet de l'agglomération. Il me reçoit chez lui avec mon assistant dans un lotissement de… Ploufragan. Il a une soixantaine d'années, semble heureux comme un gagnant du Loto, entouré de sa femme et de ses trois enfants. Je vais le photographier à la chambre. Je déballe ma volumineuse Linhof Master Technika 4×5, tire le soufflet. Lamour me dit : « Vous travaillez à l'ancienne ? » Je réponds : « Oui, grand format argentique, *that's my aristocratic side of the old world*. Mais je vous prendrai aussi digital, ça m'évitera de te rater. » Je fais mon cadre, cherche les points de lumière tout autour. Fred drive Lamour sans difficulté, comme s'il était né pour le vedettariat. Le lauréat dit : « C'est long mais ça ne me dérange pas. » Je lui rappelle les conditions : « J'ai demandé à vous de réserver votre après-midi, *we need three hours. I've come from Canada for you*, monsieur Lamour. » Il rayonne. Je le fais poser avec en main la somme de ses déchets de l'an passé : un pot transparent empli de granulés noirs. Fred rame pour caler les plans-films dans l'appareil. Je m'énerve : « *Have you ever used a photographic chambe*r ou quoi ? » Je prends le lauréat Zéro Déchet seul, puis en famille, devant le poêle à bois design du foyer. Je le photographie également au Sony numérique en extérieur, dans son jardin, assis sur sa balançoire, avec à ses pieds un robot mangeur d'herbe. La lumière naturelle est très belle, une sorte de flanelle qui signe la région et qui donnera un subtil contraste avec sa chemise et son pantalon bleu azur de marque Bio Jean.

De nouveau, il se montre très coopératif, très pro, star du « minimum déchet ».

Au revoir et merci, monsieur Lamour.

Après 18 heures je me balade dans le centre de Saint-Brieuc. La ville semble désertée par ses habitants, qui doivent à tous les coups errer dans les centres commerciaux en périphérie, comme des Nord-Américains. Une grande banderole « Saint-Brieuc-Armor-Agglomération – CAPITALE EUROPÉENNE DE LA VALORISATION DU DÉCHET » marque l'entrée dans la principale rue piétonne. À quelques mètres, un type déguisé en conteneur gonflable fait le show et récolte les pièces que les rares passants et les touristes amusés lui jettent. Je shoote.

Plus loin, un punk fait la manche en brandissant une canne à pêche à laquelle est accroché un panier où déposer son fric. Je lui file 20 €, ça passera sur mes faux frais. Mais comme rien n'est gratuit en ce bas monde, je lui demande d'oublier que j'existe et de garder le billet en main quelques secondes. Il me demande si je suis anglais. Non, canadien. Il est hilare, peut-être le cannabis du coin. Je le shoote, fric en main.

Je m'arrête pour écouter une jeune femme qui joue de l'accordéon près du café La Cigale. Ce fléau n'existe donc pas qu'en Acadie – logique, ces péquenots l'ont colonisée… Une petite châtain avec les cheveux courts. Un poids plume avec un cercueil noir laqué de marque Pigini entre les bras. La fille se déploie elle-même comme un éventail, se balance lentement pour faire contrepoids à l'énorme instrument chromatique. Je regarde ses doigts papillonner sur les touches de nacre. C'est de l'impro. Un truc très sombre, dissonant. La nuit tombe. Je reste vingt minutes sans pouvoir bouger et lui laisse 20 €. Décidément, c'est le tarif à Saint-Brieuc.

Le soir, j'invite Fred à dîner chez Edgar, le restaurant de l'hôtel que j'ai pris pour la nuit. Je lui demande s'il a vraiment fait l'école Louis-Lumière. Il me dit, vexé : « Il suffit de regarder la liste des diplômés sur le site de l'école. » Puis je le vois prendre sa respiration et me proposer de me montrer son book numérique. Je jette un œil. Quelle horreur… Je lui dis : « *Good, very good…* Peu de déchets dans ta production… Tes portraits de poules sont réussis… Tu es en train de trouver ton style… » Il me remercie.

2

La dernière fois que je suis venu en France, c'était à Paris, il y a trois ans, pour ma rétrospective à la Maison européenne de la Photographie sur les *thomassons* – ces éléments architecturaux qui ne servent plus à rien mais qui subsistent dans l'espace urbain comme des sédiments historiques discrets et dérisoires – escaliers qui ne mènent nulle part, portions de rails de tramway inutilisés, portes d'immeuble cimentées de l'extérieur. Le nom de cet art conceptualisé au Japon vient de Gary Thomasson, un joueur de base-ball vieillissant et surpayé des Yomiuri Giants, un club de Tokyo, qui touchait son salaire pour rester assis sur le banc au début des années 1980. Le *thomasson*, c'est l'antichambre du déchet, sa survie spectrale. Il n'était pas illogique qu'on fasse appel à mes services à Saint-Brieuc. Fred m'attend devant l'hôtel.

Des couples et des familles pullulent dans la déchetterie du 47 de la rue Chaptal. Ou pour « jeter » – verbe désormais intransitif, comme « écrire » ou « faire de la photo » –, ou pour regarder et récupérer. Des agents d'accueil organisent la circulation entre les fosses dans un silence martial. Une femme pose sa tête sur l'épaule de son compagnon au seuil du bac Papiers & Cartons. Je la shoote de profil, alors qu'elle lui mordille l'oreille. Je dis à Fred de se montrer discret. La lumière est grise, abusive, vorace. Je cherche des plans larges pour rendre solidaires les choses – fosses, employés, badauds, objets, en une sorte de panoramique du nouveau rituel civilisationnel : le spectacle du déchet.

Deux femmes avec un garçonnet de quatre ou cinq ans attirent mon attention. Je les suis, me positionne. L'enfant, applaudi par ses mères, jette successivement un grille-pain, une vierge en plâtre sans tête, des peluches. Je shoote en rafales, capte les objets en suspension au moment du jet ainsi que les gestes d'encouragement maternels.

L'après-midi, on visite Kerval Centre Armor, le « syndicat de valorisation des déchets » de l'agglomération dont le site de tri ultra sophistiqué est situé à Ploufragan. Des scolaires, des retraités et des Chinois sont déjà sur place. Je suis attendu par une jeune femme en charge de la communication qui porte des cuissardes de caoutchouc vert végétal à talons compensés sous une tunique jaune à motifs floraux floquée sur la poitrine du nom du syndicat. « Syndicat désigne ici le rassemblement de plusieurs "communautés de communes" », m'explique-t-elle en toute simplicité. *Fucking country, it will never escape from socialism.*

Nous passons un baudrier et un casque de chantier pour voir la partie industrielle proprement dite. Depuis les passerelles métalliques, je scrute les fosses et les tapis roulants où circulent les ordures : un océan de matière dégradée en mouvement, un mélange de géométrie mécanisée et de putridité. C'est spectaculaire mais pas original.

Au bout de la visite, on s'arrête devant la « cabine de tri des papiers et cartons », le dernier et unique poste où travaillent des humains. « Le turn-over y est important, car le job s'avère difficile et les parcours individuels pas vraiment linéaires. » Je regarde les opérateurs du déchet trier en silence les rebuts de papier qui défilent sur un tapis roulant circulaire. Puis j'ai un flash : la petite aux cheveux courts, là-bas, c'est la fille qui jouait de l'accordéon hier ! *That's the girl !* Je demande à Cathy s'il est possible de photographier l'équipe. Elle hésite, ouvre la porte, négocie, me signifie que quatre personnes sur dix sont contre et sortiront. Pas grave, on s'adaptera. Mais… zut, la petite mignonne passe devant moi sans un regard. « Hey, je t'ai vue jouer dans la rue hier, *great !* » Elle ne répond pas. Bon. Je suis trop vieux. Même si parfois on voit des couples avec des écarts d'âge de quarante ans, ce qui me choque de moins en moins. Et puis… et puis elle ne sait pas qui je suis. Fred organise le shooting en suivant mes recommandations. Je photographie le groupe sur la chaîne de tri mais… mais ce n'est pas bien.

On se quitte. Je sens que Cathy boude parce que je ne lui ai pas proposé de faire son portrait. Ça se mérite, ma jolie. Et puis ce n'est pas toi que je voulais photographier mais la petite accordéoniste à l'air renfrogné. Tout d'abord elle en plan large, en grand. Puis ses mains gantées sur les déchets… Puis ses mains se dégantant… Puis ses mains dégantées… Puis ses mains nues sur la nacre de l'accordéon noir cercueil…

Sur le site de « valorisation organique » de Lantic, une campagne à une quinzaine de kilomètres au nord-ouest de Saint-Brieuc, je me concentre sur les longs tubes rotatifs où fermentent les ordures pour augmenter leur chaleur et accélérer leur décomposition, tels les alambics d'une distillerie infernale. Je les prends à la chambre en variant les distances, en tentant de saisir leur force géométrique sous une lumière neutre. N'ayant pas pensé à prendre de bottes, et en ayant formulé le reproche à Fred qui ne s'est pas renseigné sur l'état du terrain, j'ai dû couvrir mes mocassins de sacs-poubelle ficelés à mi-mollet, comme des surchaussures d'hôpitaux.

Je cadre un monticule d'humus fumant qui évoque moins la fin que le début du monde, en tout cas un paysage d'avant l'homme. Comme une nouvelle genèse offerte aux déchets devenus compost.

Puis j'ai accès à la zone d'enfouissement des ordures qui ne peuvent se décomposer. C'est dingue, absolument répugnant, mais je renonce à la photographier, ça n'apportera rien. Mon sujet, ce n'est pas le déchet en soi, mais sa capitale, Saint-Brieuc.

J'ai l'impression de puer malgré le vent mais ce n'est pas qu'une impression.

Le soir, je trie mes premiers clichés numériques en robe de chambre Novotel Saint-Brieuc, le seul quatre-étoiles de la ville qu'abrite une ancienne caserne militaire. Tiens, un sms. Peut-être Fred pour caler la journée de demain. Non, un message anonyme… ON NE VOUS A PAS TOUT MONTRÉ À KERVAL… RDV 23 H CHEZ SUSHIRAMA, GALERIE MARCHANDE DES CHAMPS. J'espère que ce n'est pas un militant écolo ou un détraqué de la mairie… Ou encore Fred qui aurait fait circuler mon contact pour se faire mousser… Je suis épuisé mais… bon, allons voir. OK, BUT I HOPE YOU HAVE REALLY SOMETHING FOR ME.

Il bruine. Je me fonds comme un chat dans les rues désertes. Seul sur une table au fond du Sushirama à moitié vide, un type mal rasé, aux joues creuses, en train de se ronger les ongles, m'aperçoit et me fait signe. « Mathieu… J'alimente la photothèque des déchets refusés de Kerval… » Il me montre, déposés au seuil de la fosse des ordures ménagères, le cadavre d'un crocodile adulte, un obus, un bidon de cent litres d'acide chlorhydrique, une momie, des rouleaux d'amiante et… une tête humaine dégradée – homme, femme ? Les photos ont été grossièrement prises dans l'émotion de la découverte – difficile de nier leur authenticité. Puis le type part dans un rire dément. « Les gens jettent n'importe quoi… S'ils le pouvaient, ils se débarrasseraient de leur maison en kit avec la famille dedans… » Je demande une bière japonaise au serveur puis dis au mec de Kerval : « Je peux pas proposer ça comme ça *because it comes from you*, pas de moi. Mais je peux mettre en scène ces photos *in a distanced mode, by photographing them myself*: *like* une image de l'image des déchets interdits… *Wanna try?*» Il a l'air soulagé, fait de nouveau défiler les clichés. Je lui demande s'il travaille demain. «Non, je suis en arrêt maladie… Mon psychiatre dit que je suis mélancolique… J'ai la maladie du déchet… Surtout, ne dites à personne que vous avez rencontré Mathieu…» Je ne dirai rien à Fred, en faction au coin de la rue. Je règle mon boîtier pour photographier dans la lumière tamisée la tête humaine qui apparaît sur l'écran Samsung, près d'une tasse à thé en grès, d'un bol de riz vide sur lequel reposent deux baguettes croisées, et de deux sushis dans une coupelle de porcelaine. Ça, c'est bien.

3

Le médecin légiste me demande de reconnaître le corps dans la chambre froide: il s'agit bien de Fred, mon assistant. On l'a retrouvé noyé sur une grève de Plérin. Là où s'est également noyé «le philosophe de la liberté Jules Lequier en 1862», me fait remarquer le toubib. Son visage et sa peau sont intacts malgré la noyade. Il a même l'air plus frais que vivant. «À cause des conservateurs alimentaires», précise le médecin. De sorte qu'il ne sait pas si la mort remonte à quelques heures où à trois jours, lorsque j'ai perdu Fred de vue lors d'une beuverie sur le port du Légué. Fred, mon assistant, tu étais idiot mais tu me rendais service… Je me réveille en sueur dans ma suite junior du Novotel.

Ça roule mal. Nous sommes bloqués à cause de travaux de voirie à un rond-point à la sortie de Saint-Brieuc, du côté du Palais des Congrès. C'est toute la ville qui est éventrée, comme si on la refaisait d'un coup après des décennies de retard. Ce bled m'apparaît de plus en plus comme un méga-hub avec des altitudes et des vitesses différentes, comme un pignon de vélo, entre la baie et les vallées. Une ville décentrée, horizontalement et verticalement, où on ne fait rien sans voiture. En réalité, elle perd les gens. Boum ! Ma ceinture de sécurité me comprime le thorax… Je regarde Fred : l'arrière du coupé Mercedes a explosé. Je sors constater les dégâts. Un abruti a embouti le pare-chocs : des éclats de plastique jonchent le sol. AVIS ne laissera pas passer ça… Le coupable vient à ma rencontre, l'air penaud : un gothique blafard, avec autant d'acné que de piercings. Il pue l'alcool. Il ouvre la bouche pour s'excuser : « Je suis confus. » Je mate l'intérieur de sa Peugeot pourrie : des cadavres de bière partout à 4 heures de l'après-midi… Fred, pigeant que je ne m'en sortirai pas avec mon français rouillé, nous rejoint pour un constat. Le mec dit OK mais ne bouge pas. Fred exige son assurance. Le mec dit : « Euh, elle est périmée… » Contrôle technique ? Idem… Je suis fou de rage : « Tu sais que j'ai rendez-vous dans quinze minutes *with the most important man of* Saint-Brieuc ?… *If I call the cops*, tu rouleras en trottinette jusqu'à la fin de tes jours… » Je lui conseille de se tirer. On déclarera au loueur une dégradation volontaire et dans le pire des cas le DAC Simonet paiera, ça passera sur les faux frais. « *Get out* petit con ! Va faire la sieste ! »

On arrive chez le roi du déchet avec vingt minutes de retard, après un exigeant protocole de sécurité pour accéder à sa villa high-tech cachée sur les rives de la baie d'Hillion, « là où vivent en toute discrétion les plus grosses fortunes locales, me confie Fred, notamment les mytiliculteurs qui arrosent en moules les supermarchés et les restaurants de la côte ». Mon assistant s'excuse pour notre absence de ponctualité. Je le vois tout de suite, ce n'est pas un chiffonnier que j'ai en face de moi, mais Renan Lagrange *himself*, trentenaire stylé à gueule de démocrate américain. Fred m'a briefé : « À terme, ce type sera l'un des Bretons les plus riches du monde. »

Pionnier de l'écologie numérique, Lagrange a mis au point PositiveWaste, « le déchet positif », une application pensée pour devenir le carrefour informationnel de tous les flux de déchets, aujourd'hui en Bretagne, demain en France, « après-demain dans l'univers », m'annonce l'entrepreneur. « PositiveWaste a pour fonction de nous simplifier la vie avec le déchet, de fonder un nouveau contrat social avec la circulation de la matière… C'est la plate-forme du futur, celle d'une humanité réconciliée avec sa merde. Trouver la poubelle la plus proche de soi en un clic, identifier l'association à qui faire don de son canapé démodé ou de son *sextoy* usagé… Très prochainement, monsieur Duff, vous-même vous vous connecterez à PositiveWaste depuis Toronto. » Une jolie blonde le contemple en mâchant un chewing-gum. Je dis : « Bravo… *let's do your portrait.* »

Je cadre Lagrange dans son salon, face à la baie. Lumière sauvage et changeante, ça va être très beau. Fred m'assiste à la chambre. Puis il sort du champ et, oh non, fait tomber une enceinte sans fil Bang et Olufsen posée sur une commode. La coque en bois éclate sur le coup. Fou de rage, je dis calmement : « *You'll send the bill to* Jacques Simonet, le directeur de l'action culturelle à la mairie. » La blonde de Lagrange tend à mon assistant un balai et une pelle.

On sort. Je quitte la Linhof, passe au Sony.

Je shoote Lagrange avec sa blonde sur sa terrasse sur pilotis, sous une lumière étincelante.

Je shoote sur fond de mer et de soleil la main de Lagrange dont l'index glisse sur le menu de son application pionnière.

Je shoote sur fond de mer, de soleil et de pluie la main de la blonde de Lagrange dont l'index glisse sur l'écran mouillé de l'application pionnière de son compagnon millionnaire.

Un arc-en-ciel se forme à l'horizon, puis se noie dans la brume.

Le soleil revient, anéantissant la brume.

On prend la mer depuis un ponton privé sur un voilier de vingt mètres, le *Lagrange I*.

Le soleil disparaît.

Je shoote Lagrange avec sa blonde sur le pont en teck de son voilier, puis lui seul, à la barre, devant une usine de conditionnement de crustacés, sous une lumière coupante.

Je shoote Lagrange, qui pourtant me l'interdit, les cheveux au vent, non loin d'une ligne d'algues vertes qui souillent une grève et dessinent une couronne au-dessus de sa tête, sous la bruine.

Je shoote Lagrange barrant sous des nuages noirs non loin d'un parc à moules de bouchot où les pieux enfoncés dans la vase ne sont pas sans évoquer la lagune de Venise.

Je shoote Lagrange sous un déluge, comme si le ciel se vidait spécifiquement sur sa tête, car plus loin, il ne pleut pas, et je saisis l'ensemble.

Ça y est, c'est dans la boîte pour le roi du déchet, *the king of waste.* Mais j'ai l'impression qu'il manque un truc, *something is missing.*

Avant de partir, Lagrange me tend un billet de 100 €. « Donnez-le à mon assistant. »

J'appelle Kerval un peu avant 17 heures. Je demande le nom de la jeune femme qui travaille sur la chaîne de tri. Un administratif me dit après une rapide recherche qu'elle s'appelle Nolwenn Dormant, mais il n'a pas ses coordonnées, c'est une société de portage qui gère son dossier. Je lui demande de faire le maximum pour lui transmettre un message. De la part de Donald Duff, le photographe venu exprès de Toronto pour photographier Saint-Brieuc. Je suis là encore quelques jours. Inutile, Nolwenn Dormant a rompu son contrat hier et ne viendra plus travailler.

Le soir, j'assiste dans les jardins du palais de justice à l'inauguration de la sculpture qui va constituer l'emblème international de la capitale du déchet. On m'a appelé pour photographier la ville et je me retrouve otage des mondanités locales... L'œuvre en question s'appelle *Trinity for a Clean World* : une installation monumentale d'une dizaine de mètres de hauteur en Plexiglas teinté qui figure un bouquet triangulaire composé d'un conteneur jaune à carton, d'un conteneur marron à ordures ménagères et d'un conteneur vert à verre. Le tout est monté sur un pied à trois veines, comme des tiges végétales emmêlées ou la base d'un calice industriel. On peut voir à l'intérieur des bacs, de sorte qu'ils pourront eux-mêmes être le réceptacle d'expositions futures. L'artiste s'appelle Noortje Hoffman, une Hollandaise. Pas mal... Fred, à son maximum social, est accroché au buffet et descend coupe de champagne sur coupe de champagne. Je demande à Simonet combien coûte cette réalisation. Il me lâche, pétillant comme si c'était son fric, bah, 300 000 €. Je hoche la tête, éprouve un fugitif sentiment de jalousie. Mon agent aurait dû demander plus, ça fait longtemps que je pense à en changer.

Le maire dit : « Saint-Brieuc est désormais la capitale européenne de la valorisation des déchets. » Le président du Conseil départemental dit : « La communauté de communes Saint-Brieuc-Armor-Agglomération est désormais la capitale européenne plurielle de la valorisation des déchets. » Le président du Conseil régional dit : « La Bretagne est la première région d'Europe en termes de valorisation des déchets. » Le représentant du Parlement européen dit : « L'Europe des Vingt-Sept est fière d'avoir trouvé sa capitale de la valorisation des déchets. » Le sénateur dit : « Grâce au Sénat, des lois nouvelles de valorisation des déchets inspirées de l'exemple de Saint-Brieuc-Armor-Agglomération vont bientôt être proposées à l'Assemblée nationale. » Le député dit : « Je suis fier de représenter la capitale de la valorisation européenne des déchets à l'Assemblée nationale de la capitale tout court. » Le préfet dit : « Les Côtes-d'Armor sont le département capital de la République mondiale des déchets. » La nuit tombe.

4

Je roule tranquillement à 150 km/h sur ma Ducati XDiavel au carénage noir de mutant sous un soleil pâle. Je porte des bottes de cuir noir, un pantalon et un spencer de cuir noir, des Ray-Ban à monture dorée et un casque à visière fumée. Soudain je sens ma machine qui vibre et moi-même je commence à vibrer au-dessus du viaduc majeur de Saint-Brieuc saturé de voitures, en direction de l'est, et je comprends qu'en réalité c'est le viaduc lui-même qui vibre au-dessus de la vallée, qui vibre de plus en plus fort au point qu'il ne s'agit pas de tremblements mais de convulsions, et tout à coup les piles de béton de l'édifice s'affaissent sur elles-mêmes en un fracas sourd et lent, et je vois la masse de béton s'effondrer, s'ouvrir, aspirer les véhicules comme une corne d'abondance négative, et mon sang se glace, et je rétrograde et freine et freine et freine derrière les voitures qui chutent et je parviens à m'arrêter à un mètre du point exact où le viaduc a cédé, après avoir vu disparaître une famille dans un monospace. Le fond de la vallée s'agite, couvert de résidus multicolores. Puis plus rien ne bouge. Ni les voitures, ni les semi-remorques entassés les uns sur les autres une cinquantaine de mètres plus bas, ni le vert de la vallée moucheté de débris et de sang, ni la mer immobile à l'horizon sur ma gauche, au-delà de la tour de Cesson en ruine qui domine la baie et veille sur la ville. Ni le vent, nul.

Au-delà de moi, au-delà du précipice, une partie de l'ouvrage tient encore debout. C'est la route qui reprend vers Saint-Brieuc désormais coupée en deux, amputée de sa voie de communication principale. Je suis immobile face au vide, casque à la main. Ma Ducati est au point mort. Je respire mal et fort. J'agrippe la poignée d'accélération, joue avec les gaz, ne sais que faire : ou bien, mû par la culpabilité, rejoindre les victimes dans l'abîme, ou bien faire demi-tour pendant qu'il en est encore temps et fuir vers l'ouest pour sauver ma peau. Ou bien… Ma main gauche joue avec l'embrayage tandis que ma main droite fait hurler le moteur. Puis j'entends des nappes sonores qui montent des profondeurs de la baie. Une marée atonale qui monte, monte et monte encore et… je me réveille en sursaut dans ma chambre de l'Hôtel des Voyageurs, sur le port du Légué, au pied des piles de béton, sous le vertigineux viaduc.

Je retourne chez Lagrange avec Fred à 6 heures du matin. Il pleut doucement. On longe l'enceinte et ses murs de cinq mètres. Les caméras de sécurité sont braquées sur l'entrée du palace lacustre mais pas sur l'abri extérieur où sont rangés les conteneurs à déchets. Je descends du coupé Mercedes, passe des gants en plastique de ménagère. J'ouvre les bacs. Pour la partie carton, rien à dire, le tri est bien effectué, je trouve même la boîte d'emballage des nouveaux bas résille de sa blonde. Ah ah ah, *so funny*, les poubelles du roi de la poubelle… Je tiens un truc : dans le conteneur des ordures ménagères, je découvre plusieurs livres en vrac couverts d'épluchures de concombres et de souillures de ketchup. Je bloque ma respiration, inspecte l'ensemble : *La Vie et l'œuvre de Bill Gates… Nettoyer le Gange… Jeff Bezos intime… Profession : ministre de l'Écologie… Bernard Arnault pour les nuls… Les Antinomies entre l'individu et la société*, de Georges Palante… Je googlelise le type : un suicidé local. Vraiment fun Saint-Brieuc ! J'emprunte l'ouvrage. Visiblement, Lagrange n'a plus à penser… Toujours est-il que l'entrepreneur aurait dû mettre ces livres dans le conteneur jaune, pour les papiers et les cartons.

Je shoote l'ensemble façon packshot de pub avec mon Sony qui voit la nuit et on se tire.

Sur le coup de 9 heures, on a rendez-vous avec Simonet au port du Légué où l'on prend un bateau-taxi pour visiter « le site phare du Saint-Brieuc de demain ». Il ne pleut plus. La mer ridée étincelle au soleil tandis que le pilote lâche les chevaux du hors-bord, comme pour jouer à saute-mouton avec les vagues. Je me retourne, vois s'estomper les lignes côtières dans les brumes matinales. Je songe avec satisfaction à mon exploration des poubelles du roi de la poubelle avec Fred qui, quoique originaire de la région, est en train de vomir à l'arrière. Mes yeux scrutent l'horizon désert quand je devine une, puis deux, puis trois, puis tout un champ d'éoliennes *offshore*. Simonet me sourit. Fred essuie sa bouche fétide avec son ciré de mer. Nous entrons dans l'enceinte maritime, salués par la révolution des pales gigantesques. Nous glissons, minuscules, au cœur d'une succession de cercles concentriques à la géométrie parfaite. Nous glissons, les oreilles sillonnées par le sifflement du vent et des machines. Et l'édifice apparaît, blanc, évasé, inachevé, tendu vers le ciel comme une Babel maritime. Sur sa façade scintille un hologramme de lettres poudroyantes, couleur de l'or :

CAPITAL(E) / DÉCHET

Puis les lettres s'animent, CAPITAL = DÉCHET, se mettent en mouvement, DÉCHET = CAPITAL, trouvent de nouvelles combinaisons, CAPITAL / DÉCHET, produisent de nouvelles significations, CAPITALE DU DÉCHET = DÉCHET DU CAPITAL, d'autres encore, CAPITAL = FICTION, FICTION = CAPITAL, FICTION = DÉCHET, DÉCHET = FICTION

Je shoote. J'interroge Simonet : « Qu'est-ce ? » Il répond : « La Bibliothèque des futurs. » Je dis : « *I love reading!* Elle ouvre quand ses portes ? » Il dit : « Elle est déjà ouverte. » Nous nous approchons de la masse verticale autour de laquelle tournoient de grands oiseaux de mer. Le hors-bord réduit sa vitesse. Nous allons accoster. Mais nous n'accostons pas. Nous allons nous fracasser. Un quai flottant à cinq mètres… Je ferme les yeux… les rouvre. Nous traversons la chimère, acclamés par les centaines de pales tournant sur elles-mêmes. Simonet me tape dans le dos. Je vomis à mon tour. J'entends : « La construction va bientôt commencer. Ce que vous avez vu ne doit pas être pris comme un simple hologramme projeté grâce au mouvement perpétuel des éoliennes. C'est une maquette réaliste, la vision exacte de ce que sera la Bibliothèque dans un peu moins de trois ans. Elle accueillera toutes les propositions intellectuelles et fictionnelles pour envisager les futurs et aider l'homme à mieux vivre. Toutes les demi-heures une rotation en vedette permettra au plus grand nombre d'y accéder. »

Après cette virée en mer qui m'invite à reconsidérer les facultés du DAC de Saint-Brieuc, je déjeune dans ma chambre – œufs brouillés, demi-homard à l'armoricaine, demi-sancerre. Puis je reçois par transporteur les premiers tirages du portrait à la chambre de Didier Lamour, le lauréat du concours Zéro Déchet, réalisés par le labo Picto, à Paris. Hâte de voir ça. Oh non!... Des traces de gras suspectes sur les photos!... Les... les doigts de Fred! Il a calé les plans-films sans gants de soie! Je m'en souviens, il avait mangé une galette-saucisse dans la voiture avant d'aller chez Lamour... Ce mec est un débile léger. Il a fusillé les huit premiers tirages. Ouf, une dizaine est sauvée... Je ne lui en parlerai pas mais il ne touchera plus à rien.

En début d'après-midi, cet incapable me propose de visiter l'un de ses magasins préférés: Babou, une solderie très fréquentée située à côté du supermarché Géant, dans le quartier populaire des Villages. Bonne pioche: les produits *made in China* succèdent aux produits *made in China*, avec cette impression d'un allègement du poids des objets que je tiens en main, et surtout d'une prolifération de l'offre des boîtes de rangement et des poubelles d'intérieur. Le petit peuple périphérique a ainsi accès au pétrole oriental et à sa transformation asiatique en une sorte de double injonction au rangement et à l'évacuation sur un mode coloré total design.

Je shoote une jeune femme vêtue d'une veste en jean sans manches et tatouée d'une licorne au biceps qui hésite, devant une pyramide de poubelles de table, entre un modèle vert et un modèle rose.

Le reste de l'après-midi avec Fred, à droite à gauche, dans Saint-Brieuc-Armor-Agglomération :

Je shoote la façade de la Déchets Academy, une école supérieure privée qui compte aujourd'hui plus de trois cents étudiants, futurs techniciens supérieurs du déchet.

Je shoote un tag sur la façade de l'office du tourisme : DE LA BAIE DES COCHONS À LA BAIE DES ORDURES, VISITEZ SAINT-BRIEUC.

Je shoote le bijou-poubelle en ambre qui orne la poitrine gonflée sous un pull en cachemire d'une consultante du Laboratoire interdisciplinaire de Recherche internationale sur les Déchets basé à Saint-Brieuc.

Je shoote dans un magasin de souvenirs le T-shirt *Welcome to fabulous Saint-Brieuc, the city of waste*, qui recycle le panneau d'entrée à Las Vegas.

Je shoote un balayeur municipal qui balaie un trottoir propre les yeux dans le vide.

Je shoote les nouveautés en vitrine dans la librairie Le Pain des rêves, dont l'essai *Penser/jeter*, de Marie Bernitz, et le polar *La Baie des ordures*, de Fañch Rebours.

Je shoote à la chambre la façade du crématorium municipal.

Je shoote, toujours à la chambre, depuis le cimetière Saint-Michel, la sublime et complexe perspective offerte par la déclivité du terrain à la fois sur les tombes, sur le viaduc du Gouët, et sur la baie, au loin, en tout petit.

Je shoote au Légué l'enseigne d'un chalutier immatriculé *SB* – Saint-Brieuc : *Poussières d'étoile*.

Je shoote sur la promenade de la plage des Rosaires déserte, à perte de vue, un sac-poubelle « Saint-Brieuc-Armor-Agglomération, capitale européenne de la valorisation des déchets » accroché à son armature de fer et bercé par le vent.

I shoot and shoot again.

Je dis à Fred : « Si tu veux que je te file des plans *with good photographers, find me the address of* la nana qui s'appelle Nolwenn Dormant. »

Je dîne au restaurant Èves futures en compagnie de mon assistant, de Jacques Simonet, des filles du service Culture, de François d'Agen, le directeur du festival Photoreporter, et de Luis Pereira, un photojournaliste portugais. Plus Simonet boit, plus il parle vite, et j'ai du mal à suivre son français cut-up, de sorte que j'abdique.

Pereira, éméché, est tendu. « Je ne veux plus partir sur des missions chaudes sans commande officielle de ce qu'il reste de "progressiste" d'une presse à l'agonie qui te paie une misère dix plombes après le travail rendu. Je réfléchis à une reconversion. » Simonet lui dit en rigolant : « Reconversion, c'est synonyme de valorisation ? » Le Portugais ne rigole pas.

D'Agen se montre encore plus cash. « Notre profession survit grâce à l'addiction comportementale des auteurs à leur pratique. Nous, notre modèle économique, c'est de payer en amont les projets avec l'aide des entreprises locales. Mais je ne suis pas optimiste. Qu'en pense notre invité canadien, qui lui est désormais collectionné ? » Je parle avec franchise : « *Millions of iPhone*, des tapis roulants de photographes de presse et des banques d'images pour journaux sans fric… *Only a minority will survive.* Luis, tu me montreras ton boulot. »

J'observe Fred qui picole et glousse salement avec les filles. Je demande discrètement à Simonet s'il est vrai qu'il est diplômé de l'école Louis-Lumière. Il éclate de rire et me répond que non, c'est un ancien de *La Presse d'Armor*, un hebdo local basé à Paimpol, un port à une quarantaine de kilomètres. Fred connaît parfaitement la région, c'est pour ça que sa candidature a été retenue. « Sa candidature ? » J'accuse le coup. Simonet m'assomme : « Ben oui, sa candidature… C'est bien qu'on ait pu laisser sa chance à un précaire. » Je répète : « Laisser sa chance à un précaire ? »

Simonet propose de prolonger la soirée au 37 Club, une boîte de nuit à deux pas. Pourquoi pas. J'ai bien envie de voir la *trash nite* dans la capitale du déchet. Il paie, on part. Les assistantes nous suivent, l'œil brillant. Daphné, charmante, me frôle. Sur place, de jeunes personnes font gaiement la queue, ce que je n'ai pas à faire puisque le DAC coupe la file en serrant plusieurs mains.

Seul dans la cour, un homme est adossé à un mur, prostré. Un Noir de très grande taille qui flotte dans un survêtement.

Il a le visage ravagé par l'alcool, les traits en souffrance. Surtout : sa main droite bandée et maculée de sang par endroits semble phosphorescente dans la nuit. J'hésite… Non, je ne peux pas le photographier ici. Simonet voit que je l'observe, m'apprend que c'est un ancien champion du monde de boxe. Son nom ? Le DAC est trop saoul pour s'en souvenir. Je mate de nouveau celui dont je sais désormais qu'il fut un grand boxeur. Il a l'air résigné, paumé, alternativement illuminé ou éteint par l'enseigne du night-club. Il ne rentrera pas ce soir. Il ne rentrera nulle part.

Dans la boîte, il y a trop de monde, trop de jeunes. Jacques me tend une Corona avec une paille. « *J'aimerais déjà te dire je t'aime / sans consonnes ni voyelles / les choses se f'raient d'elles-mêmes / j'ai la flamme et la flemme / dis-moi que tu es fort comme cet étalon noir à côté de ce chêne / Que veux-tu, je suis fan de toi, mon cœur ne bat plus quand je te vois…* » Daphné s'enflamme : « Yelle ! Elle est de Saint-Brieuc ! Une star de l'électro-pop ! On va danser ? » Je fais la moue : « Après ma bière. » Jacques, dont je comprends qu'il me drague, me demande la même chose. « Après ma bière. » J'ai envie de me tirer mais c'est délicat. Je me concentre sur l'image de la main que j'ai vue, la main bandée et ensanglantée du champion déchu. Je regrette de ne l'avoir pas shootée pour ma série. C'est l'image la plus forte depuis que je suis là et je n'en ai rien fait… Tiens, Cathy, la nana de Kerval. Elle est pompette. « Hello, Donald, on est de sortie ? Entre nous, pourquoi n'avez-vous pas fait mon portrait l'autre jour ? » Je lui dis qu'elle mérite un décor supérieur à une usine de poubelles et qu'après mon troisième divorce, je me sens fragile avec les femmes. Je prétexte vouloir prendre l'air et me fraie un chemin vers la sortie. Fred sort des toilettes en reboutonnant son pantalon. « Hey Donald ! J'ai l'info : Nolwenn Dormant habite la Cité Baby, au-dessus de la plage du Valais. On ira demain si tu veux. » Je dis : « Top ! *Valley beach… Yes, tomorrow.* » Je sors. L'homme blessé n'est plus là.

5

Enfin seul. Je remonte le centre-ville en direction de l'hôtel. Il fait chaud, même à 2 heures du matin. Le dos de ma chemise ruisselle. La lune est pleine, la ville, transparente. Je demande à deux mecs qui boivent une canette de bière devant un marchand de kebabs si la plage du *Valley* est loin. «Ah, la plage du Valais ! Oh là, pas à pied ! » J'ai soif. Je m'achète une canette moi aussi et continue mon chemin. De nombreux fêtards descendent la rue et se dirigent vers le 37 Club. Je m'arrête, respire. Shoote plusieurs corps dégoupillés. J'ai trop chaud, je fais sauter deux boutons de ma chemise. Puis j'enlève ma veste trempée et la porte au bras. Je demande à deux filles si elles connaissent la Cité Baby. Elles ne me répondent pas. Je pose la même question à trois types à peu près clean. « Euh, on est briochins, mais jamais entendu parler. »

J'arrive à l'hôtel mais je n'ai pas envie de dormir. J'ai envie de voir. Je me douche, me change, récupère le coupé Mercedes au parking. Contact. Je suis habitué aux boîtes automatiques, j'ai du mal avec les vitesses des voitures européennes. J'indique au GPS : « Cité Baby, Saint-Brieuc. » Le parcours apparaît à l'écran. Je baisse mes vitres. J'aimerais enlever le toit.

Beauté fantomatique de la ville en travaux. Chantiers désertés pour la nuit. Ronds-points interdits, bloqués par des signalisations temporaires. Segments de rue couverts de goudron neuf, comme des sutures gorgées de lumière lunaire. Déviations. Déviations de déviations. Je ne sais pas si mon GPS suit. Je crois que je m'en fous. Je m'arrête, shoote avec mon Sony et ses millions de pixels un lot de quatre sacs à gravats professionnels. Puis je cadre une rue éventrée sur toute sa longueur.

Après avoir tourné en rond je me retrouve à l'entrée de la ville : un espace multidirectionnel défoncé où se redessinent plusieurs ronds-points enchevêtrés. Puis c'est un pont, avec une tour d'habitation à l'horizon. Je m'arrête à son pied. Elle me plaît bien, calme et douce, minuscule pour un vieux type de Toronto, haute peut-être pour un habitant de Saint-Brieuc, comme une balise, un contrepoint à l'étirement de la cité.

Je sors. Le bâtiment, qui double la tour du Moyen Âge en ruine au-dessus de la baie, a dû être photographié des centaines de fois. Aïe ! Un projectile m'a touché au visage… Des rires… Je me prends le visage à deux mains : il est en sang… Non, ce n'est pas du sang… C'est de la… tomate… Je me suis pris une to-mate !… C'est moi qui me suis fait shooter. Je me nettoie comme je peux avec un pan de ma chemise blanche. Puis je sors mon Sony et crie : « Jeunes gens, veuillez recommencer s'il vous plaît, c'est pour une photo ! » Nouveaux rires… Nouveau projectile : Je shoote comme en plein jour la nouvelle tomate qui fuse depuis une fenêtre éteinte du cinquième étage. Les rires s'évanouissent. Je regarde le résultat : j'ai, plein cadre, la lune, la tour, et une comète rouge surgie de nulle part qui dévale la nuit et cherche son point d'impact en direction du spectateur.

Je reprends le volant.

Je suis les indications du GPS sur le territoire de… Cesson. J'ai envie d'écouter de la musique, mais qu'ai-je vraiment envie d'écouter ? Je roule sans me décider. J'aperçois un clocher. La place du village. Oh non, les flics… Évidemment, j'y ai droit. Je fouille la boîte à gants, présente mon permis de conduire, mon passeport canadien et le contrat de location. Le jeune type qui me contrôle ne dit rien puis me demande de souffler dans l'éthylotest. OK, OK… Je m'exécute. Il me met sous les yeux le tube translucide, avec la couleur verte de la malchance au théâtre qui monte implacablement… J'entends : « 0,39. La limite est à 0,40. Vous savez boire, vous. » Il me salue énervé mais quelque chose le retient. Il s'approche de nouveau, puis recule brusquement en plaçant une main sur son arme de service. « Sortez. Mains en l'air. » Me voilà dehors, braqué par les flingues de quatre flics, deux hommes et deux femmes. J'entends : « C'est quoi le sang sur votre chemise ? » Je dis : « *Tomatoe*… On m'a agressé. » Les flics se regardent et braquent une lampe sur la partie tachée. J'entends : « Ah, d'accord, excusez-nous ! » Pour détendre l'atmosphère, celui qui m'a fait souffler me demande si Duff est un nom d'origine bretonne. Je dis : « Celte, c'est sûr. Il y en a beaucoup *in Scotland*. Et quelques-uns vers Brest. *But* ni mon père ni ma mère n'ont jamais été capables de me dire d'où venait notre famille. *From* Saint-Brieuc peut-être, *who knows…* » Les flics se détendent. « *What I can tell you anyway*, c'est que je suis indien huron par ma branche maternelle. Les Hurons ont pactisé avec les Français au XVIIe siècle pendant guerre des fourrures *but were exterminated by the Iroquois.* » Les flics me regardent bizarrement. « Encore désolés, monsieur Duff. Bon séjour à Saint-Brieuc. Et pas un verre de plus. »

De nouveau seul. Je repars en jetant un œil au GPS. La tour de Cesson n'est pas loin. Je descends la rue qui y mène, avec ce sentiment d'une voie qui ne mène nulle part et qui pourtant me conduit là où je dois aller, ou du moins là où je n'ai pas le droit de ne pas aller. Une intersection, puis une impasse sans nom – peut-être parce que c'est une impasse cohérente avec l'idée d'impasse. Je roule au ralenti comme sur une corniche étroite et me gare tout au bout. J'embarque mes papiers et mon appareil photo, grimpe le sentier boisé qui mène à la tour, souillé de-ci de-là de bouteilles de bière, de Kleenex et de préservatifs. Il fait nuit mais il fait jour. Des feulements dans les feuillages. Des animaux apeurés, ou des amants qui se cachent. Oh, un cadavre de femme… Non, une poupée gonflable. Le corps en latex solide est maculé de terre par endroits. Une pince à linge comprime un téton en érection. Une colonie de fourmis rouges cavale sur le visage barbouillé de sperme séché, sous des cheveux noirs affolés. Je shoote.

Puis la ruine apparaît sous la lune, souveraine et disloquée.

La tour se tient debout sur une cinquantaine de mètres et figure un demi-cylindre tourné vers la mer, vers l'estuaire du Légué. J'aimerais monter. Je m'en voudrais de ne pas monter. De ne pas devenir l'œil de la tour. Alors je n'hésite pas, car on ne vit qu'une fois et que je n'ai plus de femme et pas d'enfant. Mon vieux corps reprend du service, réveille en lui le varappeur que je fus, et j'entame l'ascension de l'édifice par la face est, la seule qui offre des prises régulières aux mains et aux pieds. J'escalade mécaniquement, lentement, avec mon âge, mon poids et mon agilité. Peut-être.

À la moitié de l'ascension, j'ai une angoisse : je suis seul sur une paroi verticale à vingt-cinq mètres du sol, avec un appareil photo dans le dos. Mes mains sont moites, j'halète. Ne pas regarder en bas. Faire corps. Comme l'accordéoniste avec son instrument. Ne pas contester la tour mais l'éprouver. Je reprends l'ascension.

Je vois, aux niveaux 1 et 2 de la bâtisse, des escaliers suspendus dans le vide. Les *thomassons* d'une ruine sont-ils des *thomassons* ? Je les photographierai tout à l'heure si je ne suis pas mort.

Je fais une pause sur l'escalier du deuxième niveau. Un *thomasson* dont on se sert n'est plus un *thomasson*. Je m'assois sur les marches. Mes bras tremblent.

Je repars. J'ai une pensée pour le type qui nettoie mon bow-window dans l'appartement que j'occupe au cinquante-cinquième étage d'un gratte-ciel de Toronto. Mais lui se la coule douce dans sa nacelle mécanisée.

Bientôt le sommet.

Ça y est. Je me redresse entre les pierres et les herbes sauvages, respire. Mes mains sont coupées, douloureuses. Devant moi, l'estuaire vide, nu. Le long et vaste fourreau naturel serti des lumières du littoral endormi, luisant sous la lune, se séparant lentement de parcelles de mer rougeâtres qui dérivent au loin, vers l'horizon où tournent sans discontinuer les pales clignotantes du champ d'éoliennes, signalisation maritime en même temps que sabbat païen. L'hologramme de la Bibliothèque des futurs apparaît-il la nuit pour sidérer les navigateurs ? Se manifeste-t-il pour désigner aux marins l'illusion des images et la possibilité d'un havre pour la pensée prospective ? Je ne sais, mais cette hypothèse me plaît.

J'ai l'impression que plusieurs feux crépitent sur les hauteurs du Légué, à l'ouest et à l'est, et aussi plus bas sur la falaise de l'autre côté de la baie, vers la plage du Valais. Je ne les avais pas distingués au premier coup d'œil. Peut-être les premières fêtes en extérieur de l'année. Je devine aussi d'autres lumières, plus concentrées, par grappes, sans organisation spécifique – certainement des hameaux ou des poches humaines installées sur le flanc des falaises. J'en dénombre au moins vingt, distinctes des zones urbaines explicites de Plérin, Cesson et Hillion. Oui, à y bien regarder, il y en a un peu partout, une constellation discrète, de faible intensité, étalée sur toutes les parties de la baie. Le GPS ne m'a pourtant pas mentionné ces foyers de population.

Je bois l'air plus frais à présent. J'essaie d'oublier que j'existe. Je tente de devenir un point de vue neutre, les yeux vides de la tour elle-même, rien, tout. Je reste de longues minutes à me laver les yeux, calme, serein, disponible.

Puis je me mets à photographier, les lèvres entrouvertes, ivre du point de vue que j'occupe.

La descente est plus difficile. J'ai mal partout. Des pierres se dérobent sous mes pieds, je manque de tomber. Un passage me tétanise. J'ai peur de me lancer. Je reste immobile. Longtemps. Trop. Je m'oblige à rester calme, prends ma respiration. Je n'ai pas fait 4 000 miles pour finir paraplégique à Saint-Brieuc. Je tente de poser un pied, me lance.

Nouvelle pause mais cette fois sur l'escalier du premier niveau.

Victoire, je ne mourrai pas cette nuit!

Voilà, c'est fini. J'ai arrêté la varappe en 2018, je la reprends en 2032, en toute insécurité.

Sur le sentier du retour, je me fais accoster par deux clochards qui sortent des fourrés. Le premier dit: « On t'a vu monter là-haut, Spider-Man. T'étais rouge comme la lune. T'as pas peur, toi… C'est comment ? » Je dis: « Magnifique. C'est ce que voit la tour tous les jours, mais surtout n'essaie pas de voir à sa place. » Le deuxième dit: « T'as un accent. Tu viens d'où ? » Je dis: « Toronto, Canada. » Le premier dit: « J'y suis jamais allé mais tes mains sont en sang. » Je dis: « Ce sont des égratignures, la peau qui fout le camp sur la pierre. » Son compère dit: « Chef, tu veux boire un coup ? » Je dis: « *You've got a beer?* » Il m'offre une canette de Pelforth brune que je descends d'un coup. J'en demande une deuxième et rince mes mains sanguinolentes avec le liquide brunâtre. Je dis: « *Can I take your picture?* Je peux vous photographier ? » Les deux hommes se regardent: « C'est pas beaucoup de gens qui veulent prendre en photo des mecs comme nous… » Je les prends de profil, en loques, enlacés alors qu'ils s'embrassent. Au-dessus d'eux apparaît la tour dressée vers la lune, rouge feu. Je fouille mes poches, leur file un billet de 20. « C'est le directeur des affaires culturelles de Saint-Brieuc qui régale. » Le plus vieux dit : « C'est toi ? » Le plus jeune dit : « *It's you ?* » Je dis : « *No, but tonight maybe.* »

Je demande : « Plage du *Valley* ». Le GPS répond : « Plage du Valais : Faire demi-tour et tourner sur la droite à 150 mètres. » Le véhicule est plus souple que mon cou. Et déjà il descend vers la mer, aspiré lui aussi, inexorable dans les ténèbres parfumées, subtiles. Avril à Cesson, Saint-Brieuc, Bretagne, France, Europe. Cinq heures du matin. Qu'a pu être ce quartier il y a cent ans ? Sûrement un village autonome avec son église ; une bourgade de maraîchers et de pêcheurs alimentant de ses productions les richards de la ville grâce à des charrettes tirées par de lourds et lents chevaux et progressivement transformée en une banlieue assoupie – fond de cuve, fond de baie. Mais surtout : que sera ce quartier dans un siècle ? Dans le noir s'illuminent les feux clignotants d'une benne à ordures. Je ralentis. Deux jeunes femmes vêtues d'un baudrier jaune fluo à bandes chromées s'emparent d'un conteneur surchargé. Je les regarde vider. Au dos je lis, blanc sur vert : « Saint-Brieuc-Armor-Agglomération, CAPITALE EUROPÉENNE DE LA VALORISATION DES DÉCHETS ». Elles se retournent, saisies dans les phares du coupé Mercedes planté derrière le camion. Je sors dans la rue déserte, tente de les rassurer. C'est le début de leur tournée. Elles somnolent.

Je leur propose une photo. J'entends : « Si ça te fait plaisir, et après va te coucher, t'es démoli, t'as vu de quoi t'as l'air ? » Puis une tête sort du camion : « Et la chauffeuse, elle a pas droit à la photo ? » Je dis : « Vous êtes top. » J'organise sommairement la mise en scène et cadre : les deux filles face à moi sur le marchepied, la conductrice la tête hors du véhicule qui regarde dans ma direction, le camion lui-même couronné par d'épaisses frondaisons. Je recule un peu… Parfait. Je shoote. « On pourra s'admirer quand ? » demande l'une des filles. Je dis : « *Right now.* » Je lui montre le résultat à l'écran. J'entends : « Putain ! » Je dis aussi : « Vous vous verrez en grand quand sera lancée la manifestation *#2032 dans le 22* à l'automne. Je serai là pour l'inauguration au musée d'art et d'histoire. Si vous voulez une invitation, vous appelez de ma part le service culturel de la mairie. Donald Duff, *that's my name.* Vous dites qu'on a fait un shooting de nuit, que vous participez à l'expo. *I'll give you my card.* » Les filles semblent incrédules. On se dit adieu. Le camion électrique repart en silence.

Je demande : « Plage du Valais. » Le GPS répond : « Nous arrivons, *baby.* »

Une pente sévère. Je roule dans une lumière rouge, plus intense encore au loin, sur la ligne d'horizon.

Un parking pour moi seul. C'est la fin du voyage. Mes dernières photos. J'ouvre la portière. L'air est iodé, neuf. Au-delà d'un petit triangle de sable, la baie étincelle. L'eau s'en retire, sombre, lente, en feu. Au-dessus de moi, ce sont des kyrielles de cabanons accrochés à la falaise. Un hameau prolétarien de cabines sur pilotis, de mobil-homes et de masures-champignons poussées à même la roche. C'est donc cela la Cité Baby: une communauté balnéaire soudée au désir de vacances perpétuelles, face à la prodigalité de la baie. Cité Baby… L'idée de bébé et de bonheur enfantin. Cité Baby… Si j'enlève le deuxième « b », il reste *bay* dans ma langue maternelle, comme si la baie était inscrite dans le projet idéal de la cité.

Je me sens calme, serein. Je cadre, shoote le désordre architectural, la beauté naïve et précaire des habitations.

Non! La Mercedes glisse sur la grève! Je cours, je cours, mais cela ne sert à rien, elle est loin déjà, suit le retrait de la mer, va s'enfoncer dans la vase… Non!… C'est fait. Je la regarde les bras ballants: le coupé de luxe dérisoire dans le décorum minéral juste avant l'aube, l'arrière gris métal anormalement surélevé, comme si la voiture piquait du nez, les warnings clignotants, les pneus couverts d'algues et de sable, le sigle étoilé de la marque allemande scintillant… Pourtant le frein de stationnement fonctionne automatiquement, ce n'est pas l'attraction de la lune qui a foutu la voiture sur la grève! Même si je lui ai dit que j'étais moi-même inclus dans le processus de valorisation des déchets, c'est Simonet qui va être content… Je prends mon Sony et shoote l'épave.

Puis j'entends des rires. On se moque de moi en train de photographier le crustacé à quatre roues. De nouveau on se moque de moi: j'ai traversé l'Atlantique pour me prendre des tomates dans un bled de losers et planter ma bagnole de location dans le plasma puant de la baie. Des rires… À moins qu'on ne m'appelle. Oui, des rires et des nappes de son dans le lointain. « C'est à toi la voiture? » me demande un homme qui part à la pêche à pied avec son garçonnet. Je dis : « Euh, non. » Il dit : « La mer descend, une dépanneuse viendra la chercher tout à l'heure. » Je dis : « *By chance*, vous connaissez Nolwenn Dormant ? » Il dit : « Non, ça me dit rien. » Je précise : « Une accordéoniste. » Il précise : « Tu sais, des jeunes qui viennent s'installer dans des communautés sur les falaises, y en a tous les jours. Non, connais pas. » Je dis : « *Communities ?* » Il dit : « Y en a des dizaines par ici. Sur toute la côte. Et de plus en plus, légales ou illégales. Souvent les gens vivent de récupération et mangent ce qu'ils ramassent sur la grève. Y en a même qui bouffent uniquement des algues. J'ai rien contre eux mais ils sont perdus pour la société. » Je dis : « On m'a dit que Nolwenn Dormant *lives in* Cité Baby. » Il dit : « Ah ça m'étonnerait, la Cité Baby, c'est de l'autre côté, sur ta gauche. Là, c'est le Petit Monaco. » Je dis : « Oui, mais alors où peut-elle être si tu me dis qu'il y a des communautés *everywhere* ? » Il dit : « Au-dessus du Petit Monaco, des fois ça joue de la musique. Tente ta chance. » Il disparaît sur le sable en tenant l'enfant par la main. Des rires encore… Des rires et des bribes de son… Je longe quelques maisons sur pilotis, grimpe un sentier qui tortille autour de cabanons nommés L'Étoile de mer, Chez Hortense, Congés payés, Ma goélette et Les Beaux Jours.

Des lacets. La baie, de nouveau : large, les cuisses ouvertes, de longs filets rouge sang courant à perte de vue sur la vasière enténébrée et comme bus par la lumière lunaire. Des nappes de son de plus en plus distinctes, de plus en plus insistantes… J'y suis presque… Je passe entre des bungalows de chantier, entre des abris sommaires en bois ou en carton, entre des roulottes avec des panneaux solaires et des éoliennes sur le toit, entre des conteneurs aménagés. Je franchis une allée, puis une autre. Le son me guide, je monte encore sur le chemin rocheux, tourne et… Ils sont là, sur une sorte de placette ou de… forum : une trentaine d'hommes et de femmes, debout près d'un brasero. Ils me regardent, lèvent un verre en mon honneur, comme pour une cérémonie dont je serais le dernier invité, voire… l'unique. Vêtements de récupération ou pas, ils portent tous des tenues de gala. Des hommes en costume cintré, des femmes avec des robes longues et parfois des chapeaux de modistes, ou l'inverse, droits et solennels autour de la musicienne elle-même coiffée d'une voilette à fleur blanche. Quatre ou cinq ne sont pas humains et sont privés d'une moitié du visage, d'une oreille, d'un nez, d'un bras ou d'une jambe : des mannequins de boutique arborant hauts-de-forme et queues-de-pie défraîchis ou déchirés, avec des algues à la boutonnière et des coquillages à la place des yeux. L'accordéoniste me sourit de ses lèvres fardées. Elle m'attend. Ils m'attendent. J'avance dans une lumière rouge, sous le flux et le reflux de l'instrument élastique. Ce n'est pas le vent qui souffle mais le son qui me happe, au-dessus de la baie menstruelle. J'avance dans la lumière rouge vers cette assemblée parallèle, sur les hauteurs de l'amphithéâtre marin où la vie fait sa toilette.

Je vais shooter. Je suis là pour ça. Ils me veulent pour ça, pour m'offrir le négatif que je cherche et qu'eux-mêmes ont trouvé.

Je vais shooter.

Après, je partirai.

Damien

Il vit en colocation avec la plus belle fille de la ville. Il a dix-huit ans. Un jour, alors que je suis chez eux et que je bavarde avec elle, il l'appelle : « Tu peux m'apporter du papier toilette ? »

Il fait des études de lettres. Il est mégalomane. Je vois qu'il rame. Il se plaint : « Je veux qu'on me donne ma chance ! » Je le perds de vue. Je le retrouve à Paris par hasard au début des années 2000, je ne sais plus où exactement. Il est devenu correcteur professionnel, il a vingt-six ou vingt-sept ans. Il corrige les livres qu'il aimerait écrire.

Il n'arrive pas à écrire. Il boit la tasse, ne pense qu'à ça, insiste. Il tente des bouts de paragraphes, des embryons d'historiettes qu'il soumet désespérément, dans l'attente d'un feu vert dans l'œil de ses amis. Après la lecture d'une nouvelle fastidieuse, un copain me cite un passage en éclatant de rire – une phrase naïve qui fait naître un saxophoniste dans un bar et suggère la musique triste de la vie. Derrière l'hilarité, la compassion. Ou la pitié.

Il vient d'une géographie où les livres sont plus rares que les veaux. Des mages avec des bottes en caoutchouc lui ont dit qu'il était le messie.

Un jour, il m'appelle. Il parle lentement, avec suavité : sa compagne le lui a assuré, il a un talent fou.

Il fait des extras pour une jeune maison d'édition littéraire. Les éditeurs, rodés à la fréquentation des drôles d'oiseaux, ont conscience de sa folie, du tourbillon négatif de toute psychose. Ils le font travailler, savent le prendre, lui parler. Ils l'apprécient, connaissent les limites à poser pour ne pas se laisser envahir. Une maison d'édition n'est jamais une structure à rentabilité annuelle de 12 %. Plutôt une SPA – une Société protectrice des auteurs. Celle-ci le respecte et le protège.

Son langage se désarticule, n'a pas de consistance. Il passe des coups de téléphone.

Deux correctrices à la retraite, deux vieilles dames, lui ont dit qu'il n'y a pas à tortiller, il y a les vrais écrivains et les faiseurs, les Joyce et le marché. Il est d'accord, soudain au-dessus de la mêlée, gonflé à bloc, élu.

Quand il m'appelle, il n'appelle pas au secours. Il fait une démonstration de sa puissance. Il établit des palmarès littéraires, se fait l'arbitre de matchs entre éditeurs d'avant-garde.

Il délire la littérature. La plupart du temps je le laisse parler. Quand sa parole s'épuise, une simple remarque de ma part relance le processus obsessionnel. Parfois, je m'en amuse : je pourrais mettre le haut-parleur, me faire des œufs sur le plat, relancer le monologue par un « oui » ou un « tu crois ? », et son commentaire sans fin n'en finirait pas de s'infinir.

Il écrit, ou est secrétaire de rédaction, ou les deux, à la revue *Santé mentale*. Il veut absolument que j'y collabore. Je lui dis que ça ne m'intéresse pas mais il s'entête. La rédactrice en chef à laquelle il essaie de m'imposer lui refuse quelque chose que je n'ai pas demandé.

Il insiste pour faire circuler mon CV, par générosité, pour se faire mousser. Je lui dis non, puis fais ce que tu veux. Un jour on me contacte. Nous ne sommes plus qu'une centaine en compétition pour un poste à temps partiel en CDD. La cheffe de service, le nez sur ma vie au format A4, me demande si je suis breton. Je lui dis que oui. Son visage s'éclaire : elle passe ses vacances à Saint-Malo. Je comprends que j'ai mes chances. Le lendemain, j'apprends que je suis embauché.

C'est un succès d'outsider. Il en est l'origine. Mais que réussit-il pour lui ? Il traque autrui, il traque sa chance chez les autres.

Il aime Laurence Sterne, sa prolifération.

Il a de l'humour. Il est moqueur. Impitoyable envers les écrivains médiocres qui ont du succès. Il parle de littérature en professionnel, par éditeur, par maquette, par choix du papier, par carrière, par volume de ventes, par prix obtenus.

Un dimanche en fin de journée, après son anniversaire, il est en descente d'ecstasy et pleure dans un café, au centre d'un cercle de gens silencieux.

La plus belle fille de la ville a réussi sa vie professionnelle et n'a plus aucune relation avec lui pour des raisons que j'ignore. Il me dit, comme si le match était équilibré entre un métier public et la folie littéraire au quotidien dans l'édition indépendante fauchée : « Je vais publier, elle et moi on se retrouvera. »

Il publie deux textes courts dans le numéro 5 de la revue *Lignes*, en mai 2001, entièrement dédié à la littérature et plus spécifiquement aux « littératures de la cruauté », aux côtés de plusieurs autres auteurs débutants. La première nouvelle s'intitule « Le Bâtiment ». C'est un bon texte sinistre, un journal intime imaginaire placé sous les auspices de Kafka et Bataille, sur fond d'aliénation organisationnelle et d'inceste maternel, qui n'est pas sans évoquer l'expérience de l'internement psychiatrique. La deuxième nouvelle, « Petite histoire de la copulation chez les fourmis », évoque une société secrète étendue à la société tout entière, avec son lot d'actes de démence, d'un point à l'autre du globe, mais se révèle inférieure au délire promis. Un seul récit aurait suffi à affirmer une lumière grise qui n'était pas entièrement la sienne mais qui n'était pas absolument celle des deux maîtres cités. Le deuxième relativise l'existence du premier, tue la possibilité d'une légende mineure, celle d'un écrivain de quatorze pages.

Une auteure reconnue à qui il a soumis un tapuscrit lui dit : « Écoute, je n'aime pas ce que tu écris. »

En 2003 il publie un sombre et fort récit de deux pages, « L'Usine », dans le numéro 40 de la revue *Le Croquant* – sciences humaines/art/littérature. Sa fiction, où le narrateur, issue d'une lignée de bouchers, dort dans un abattoir parmi les hommes et les bêtes, commence ainsi : « J'ai vécu sous la paupière d'une nuit, une nuit atroce et interminable. »

Le droit dit que les morts n'ont pas de vie privée. La littérature dit que les bas morceaux sont toujours choisis.

Il passe sa vie à désirer la littérature. Il n'est pas un écrivain raté – de belles pages en attestent – mais un écrivain sans œuvre. Il est écrivain. Il passe sa vie à désirer quelque chose à quoi il n'accède pas mais à quoi il appartient.

Un jour, sa compagne, plus âgée que lui, va faire les courses avec sa fille adolescente, née d'une première union. À leur retour, elles le découvrent pendu dans les toilettes de l'appartement où elle a passé sa jeunesse.

Allô ?

— *Bonjjjour, monsssieur Cirrier?*
— *Euh oui, à qui ai-je l'honneur?*
— *Devvvinez!*
— *Difficile... Cher ami, pourquoi parlez-vous comme un demeuré?*
— *Pourrr simpppliffffier l'horthographe...*
— *Simplifier l'orthographe... Au téléphone, c'est compliqué.*
— *Détrrrompez-vous: il suffiiit de muuultiiiplier les lettrrres pour plusss d'Hexpressiviiitééé...*
— *Vous me fatiguez. Qui êtes-vous?*
— *Ben, Cirier, l'ééécriiiivain.*
— *Enchanté.*
— *Oui, Nicooolaaas Cirrier, l'auteurrr de* L'Horthographe rhendhue phacilhe. J'aimerrrais parrrler à mon descendaaaant dégénérrrrré.
— *Ah c'est toi, Vincent, vieille pourriture j'ai reconnu ta voix... Putain il est 2 heures du matin! Tu me déranges, je suis en prise avec le cosmos. Retourne bosser sur tes films de cannibale. Bonne nuit.*

21 janvier dans le 75

Ses yeux ont dit : « Toi ! » J'ai considéré le lascar qui me défiait, les warnings ont clignoté dans mon cortex, et déjà ce n'était plus le quai glacial du métro mais les portes de la rame qui se sont fermées, Opéra, ligne 7, vers Ivry. J'ai eu un doute : parviendrais-je à l'heure au spirituel et inavouable spectacle prévu à midi ou aux urgences de l'hôpital public ? La vie est un ballet noir, j'ai craint un instant d'en être la danseuse étoile.

« Oui, toi, là ! » Ses yeux toujours braqués sur moi. Architecture intérieure du ring Alstom. Solennité lente et lâche de mon déplacement : m'effacer en bout de rame dans une zone vide à banquettes latérales, réconfortantes comme un boudoir de fortune, sans sujet sexuel avec qui badiner du regard, sous une publicité pour « Shiva, n° 1 du ménage et du repassage à domicile ». J'avais passé l'âge de me battre dans le métro, la dernière fois que je m'étais battu je ne m'étais pas battu, j'avais frappé le premier, paf !, en plein dans l'œil d'un abruti qui écoutait du ska et à qui j'avais dit : « Ska va bien ? » Sa petite copine n'avait pas apprécié – une raciste dégénérée avec une casquette sudiste vissée sur le chef qui m'avait aussitôt visé avec une Kro… en fracassant la bouteille non sur mon encéphale mais sur l'armature métallique des gradins où l'on titubait à sept ou huit, dans une fête foraine *by night*. Soudain j'avais vu son grognard se diriger vers moi sourire aux lèvres et paf! C'était il y a… Oh non! J'espérais cette fois éviter la besogne avec un combattant *free style* surgi de nulle part et tout à moi dédié – Chance, Destin, Traumatologie.

Voulait-il me démolir? Seulement m'amocher? Déjeuner? Se serait-il méfié de moi si je lui avais balancé: «Je vais te tuer»?

Le lascar m'a perturbé une deuxième fois en s'asseyant dos à moi sur un strapontin, dans le sens de la marche – dos à moi, comme s'il s'adossait à ma personne, alors qu'il aurait pu se placer directement face à moi pour lutiner ma peur, dans la rame clairsemée et comme engourdie, sur l'une des portions les mieux éduquées du métropolitain parisien. En sorte que j'étais désormais un challenger cloîtré dans son box, perdu dans l'évaluation des dégâts corporels que pouvait engendrer une confrontation avec un cinglé.

Pas d'arbitre dans la rame, pas de petit mec avec une chemisette rayée et un sifflet pour traiter la Crise: violence parturiente, *free fight* mental sans juge de paix et sans spectateur entre un déséquilibré finissant sa trentaine, aux allures de mi-lourd sur le retour engoncé dans un cuir cintré de type motard, et moi, l'heureux élu, mi-lourd également, hors de forme et d'envie pour ce type de sport, habité présentement par l'intuition du Pire dont seul me protégerait, comme un martial talisman, le blouson de quart kaki de la Marine nationale que j'avais sur le dos et qui, associé à mes cheveux ras, renvoyait de moi, peut-être, l'image d'un fusilier marin en perm' et pas d'un guichetier HSBC.

Où allait-il ? Descendrait-il avant moi ? Comment attaquerait-il ? Avec les poings ? Les pieds ? Me ferait-il *déguster sa boule* (San Antonio) ? Devrais-je taper le premier ?

Plus tard, trente secondes, longtemps. Rien. Rien ne s'était passé. Rien ne se passerait donc. J'avais été parano sur l'affaire. Mon rival avait dû oublier mon existence et diluer son envie d'en découdre dans la contemplation amorphe du petit peuple de cadres et de touristes partis s'égayer au travail ou au musée. Ouf, je serais à l'heure au Très Spécial Spectacle, et mon corps intact. J'ai regardé ses épaules de boxeur, sa nuque de brute, et je me suis dit qu'il aurait fait du petit bois avec ma charpente, même en activant l'alarme – surtout en activant l'alarme au milieu du tunnel. Bon, j'étais sauvé. Puis la tête du lascar a lentement pivoté vers moi et m'a rappelé à la réalité. « Toi ! » Il ne m'avait donc pas oublié. Lui : deux yeux exorbités cherchant l'impact, encore dans la distance, prêts à bondir… J'étais dans l'incapacité de partir, coincé dans les cordes. J'ai fixé la vitre enténébrée.

Aurais-je pu lui servir de sparring-partner ? Voire d'équipement sportif ? Il aurait fait du sac avec ma tête. Du sac avec ma tête dans le miroir d'une salle de boxe… pour s'échauffer ! Mais pourquoi le rencontrer ce jour alors que je n'avais plus eu d'embrouille significative depuis des lustres ? Et si c'était moi qui le cherchais ? Et si c'était moi qui le cherchais et lui qui m'avait trouvé ? Et si lui et moi étions fait pour nous affronter ? Tant pis pour moi. Ou pour lui.

Métro Pyramides. Ring à l'arrêt. Ceux qui descendent, ceux qui restent, et nous, dos à dos.

Round 2, sans pom-pom girls. Juste une montagne de mains sur la barre de maintien, mille milliards de microbes – humains, vous n'êtes pas seuls !

Fin de l'observation.

La rame repart.

Plus qu'une station avant le salut… ou le K-O de fête foraine, en ma défaveur cette fois.

J'étais déçu qu'il ne soit pas descendu, il m'aurait foutu la paix, mais en même temps j'étais lucide, il n'y avait aucune chance qu'il descende. Il était là pour moi. De mon côté, serais-je descendu si j'avais eu à descendre ? Serais-je passé devant lui au risque de perdre mes dents – y avait-il d'ailleurs un cimetière pour les dents ? Il avait gagné la bataille du territoire.

Un jour, on me demande une clope. Je dis au mec, attends, j'en ai plus, je vais en prendre au tabac. Et soudain je me rends compte que je ne peux plus avancer. Je lève la tête : Oh non… Un allumé face à moi en position de combat… Un allumé avec un cou de catcheur… Puis il se détend et dit :

« Je blague. » OK OK… J'avance vers le tabac mais… mais rebelote, le catcheur se plante encore devant moi en position de combat. Je considère son pantalon, un survêt' jaune plein de taches de cambouis. Bon, Jojo le ferrailleur va me désosser… De nouveau il se détend et me libère. Mais rebelote une troisième fois. Oui ! Une troisième fois ! Ce coup-ci je suis coincé entre deux bagnoles à cinq mètres du tabac. Le mec me fixe, ne me lâche pas des yeux. J'envisage le pire, il a un cou non pas de catcheur mais de taureau… Et puis soudain il se détend pour de bon, plonge une main dans ses poches, en ressort mon portefeuille et une énorme liasse de billets qu'il se met à compter en me disant : « Je m'en fous de ton fric. » Était-ce un tour forain ? M'avait-il hypnotisé ? En reprenant mes esprits j'ai cru voir rigoler deux branleurs à une dizaine de mètres. Peut-être ses assistants, qui avaient volé mon portefeuille dans la poche intérieure de mon blouson pendant que j'étais sous l'emprise psychique du catcheur, puis glissé le butin dans son survêt'. Rétrospectivement, leur tour était bien rodé.

Mais à présent je n'avais pas de catcheur-blagueur en face de moi, juste un boxeur de dos quand… quand le lascar s'est de nouveau tourné vers moi. Yeux hirsutes, sous crack ou… neuroleptiques : « Toi ! » J'ai haussé les épaules. « Oui ? » Une fois, deux fois. Télésympathie. *Body talk*. Puis reprise de la position initiale : lui comme adossé à moi, sur le ring où postillonnaient l'Histoire, la Situation et le drame individuel.

Avait-il boxé à haut niveau ? À quel niveau ? Était-il *showman* ou puncheur ? Ou les deux, chose rare ? Moi-même, j'étais *showman*. Je promenais des phrases. Je lui aurais dit: «Je ne boxe pas mais je promène des phrases.» Il m'aurait répondu: «Ah ah ah, on promène son chien, pas des phrases!» Avais-je la rage d'un chien? Moins que lui? Davantage? En un autre lieu de l'expérience? Pourquoi la sienne me prenait-elle pour cible? L'avais-je polarisée? Qu'en savais-je? Conjecturais-je trop dans le néant du parcours? Aurait-on pu être amis? Jouer au bowling? Il m'aurait dit: «Ah ah ah, je mettrais mes doigts dans les trous de ta tête.» Pourquoi pas… J'aurais fait pareil: les doigts dans les trous de sa tête! On aurait lancé nos deux têtes pour striker. On aurait été des strikers sans tête. On serait descendus à la prochaine station, tête à la main, bras dessus bras dessous. Il m'aurait accompagné sans tête au Très Spécial Spectacle, où nous eussions fait sensation.

Station Palais-Royal-Musée du Louvre. Je me suis levé, j'ai hésité, j'ai vu le lascar prostré sur son siège, j'ai fait deux pas dans sa direction mais… il m'a devancé. S'est levé. A marché droit devant lui. Vers le bout de la rame, nonchalant, indécis, paumé. Il ne descendrait donc pas. Ne se retournerait plus. Pas de troisième round, fin du combat. La porte de la rame s'est ouverte, je suis sorti. Soudain une clameur. J'ai tourné la tête, aperçu mon impossible ami foutre son poing dans la gueule d'un type assis plus loin sur un strapontin. Puis il s'est mis en garde, un peu vieux, un peu académique, et l'inconnu sonné qui avait pris une droite à ma place s'est levé tant bien que mal et s'est mis en garde lui aussi, plutôt courageusement, prêt à accepter le combat – une garde passive, pataude, une garde d'homme déjà vaincu (lui: trentenaire corpulent, une tête de mec de l'Est, Ukrainien ou autre Slave, baraqué gras, capable de répliquer – l'homme confus ne s'en prend pas aux gringalets), et les deux rivaux se sont menacés des poings autour des passagers tétanisés, et c'est un autre combat qui a eu lieu, non plus sur la scène mentale du défi mais sur la scène physique du coup, et sur le quai j'ai douté de ma victoire, du désamorçage de la violence d'un fou. Je me suis fondu dans la foule, à l'heure pour le spirituel spectacle, vainqueur-perdant d'une partie de cartes à deux joueurs: la bataille.

J'arrive avec quelques minutes de retard sur le théâtre de la noire attraction : la résurrection annuelle, au grand jour, d'un clivage politique irrémédiable – pour d'autres l'expression rituelle d'un chagrin, le souvenir d'un homme et d'une faute. J'entre dans l'église Saint-Germain-l'Auxerrois, bondée pour la célébration de la *Messe à la mémoire de Louis XVI et des martyrs de la Révolution* », ainsi que la mentionne le site saintgermainlauxerrois.fr (je me suis renseigné avec mes moyens profanes pour ce dating avec l'obscure rémanence de l'Ancien Régime, nimbé ce jour d'une gloire minoritaire et sacrale). Je me tiens seul au fond de la nef glacée, immergé au sein d'un peuple inconnu, dans le retour éphémère des louanges au Bourbon décapité, sous les vitraux illuminés par un soleil polychrome, moi-même encore tendu après lc coup de speed du métro (mais à dire vrai, peut-être aurais-je aimé que le lascar psychotique me suive, que nous partagions un bout de route, qu'il décompense à mes côtés, en ce lieu, que sa division intime s'additionne à celle-ci, à la confusion des espaces et des temps). Qui sont ces sujets, ce *who's who* inconsolable et spectral ? Je ne connais personne et nul ne me connaît. Je n'ai que mes yeux et mon silence d'intrus pour me repaître des visages et des images du culte, de cette pompe à l'enjeu nul.

Rejetons de l'Ordre ancien : vampires blêmes assoiffés de sang bleu ; seigneurs en deuil au pedigree complexe, ensevelis sous des lodens noirs, au cou ceint d'écharpes Burberry sous la vapeur des bouches hivernales ; gentlemen-farmers et officiers endimanchés vêtus de vestes Barbour et de blazers à l'héraldique oubliée ; vassaux au physique de jockey ou de palefreniers exfiltrés de quelque haras et engoncés dans des anoraks de saison. Quelques femmes au port altier : épiderme lactescent de noblesses diverses, Asiatiques et Antillaises enchapeautées, serrées dans des tailleurs crème ou bleu azur sous de lourds et rutilants manteaux de fourrure ; voilettes enténébrées, chapelets froissés par de souples gants de chevreau… Je me déplace dans l'église, figurant anonyme et mobile de cette scène de genre (scénario : et si l'assemblée était uniquement constituée de curieux, simulacre sans passion réelle, sans réalité propre ?). Un chant monte des siècles et envahit l'espace, libérant une ferveur égale à celle des liturgies païennes dans les stades du royaume d'Angleterre. Deux jeunes hommes sont placés à côté de moi. L'un se prosterne, genou au sol ; l'autre pleure sous des lunettes Cartier. Deux femmes enfouies dans un vertigineux châle noire arrivent en majesté, regardées de tous, alors que commence le sermon en l'honneur de Louis XVI… *un roi moderne. Convoquant les États généraux, il a conscience, contrairement à sa femme Marie-Antoinette, que l'absolutisme louis-quatorzien ne fonctionnera plus…*

Je me déplace de nouveau, en quête d'un meilleur angle pour apercevoir le prédicateur. Je me fraie un chemin vers l'autel mais n'obtiens rien de mieux qu'une place excentrée. J'y croise quelques fillettes aux cheveux piqués de fleurs des champs qui portent un petit panier en osier empli de pétales blancs. *Il croit aux chances de ce que les historiens appellent l'Europe française, l'Europe de la douceur de vivre, de la culture et du talent, rayonnant sur le monde.* Une jeune femme se tient sur ma gauche. Petite, blonde, livide, dissimulée dans une gabardine beige, avec aux pieds des mocassins à talon plat. Elle m'évoque quelqu'un de malade. Elle est seule (déclassée ? sans famille ? sans dot et sans titre ?), concentrée sur le sermon. *Louis XVI était le contraire d'un roi ringard. Ce qu'on lui reproche n'est pas d'ordre politique, d'autant que sous ce « roi bienfaisant », comme on disait à l'époque, le Royaume n'avait jamais été aussi prospère.* Discrètement je l'observe. Ses yeux sont bleus, ternes. De temps à autre sa tête pivote lentement à droite et à gauche, comme si elle cherchait quelque chose ou quelqu'un. Puis son regard se fixe sur moi. Sent-elle le manant ou le sujet du roi mort ? L'ethnologue obscène ou le congénère très chrétien ? Un agent des renseignements intérieurs ou un homme matché sur Tinder pour un rendez-vous pervers ? *Il ne s'agit pas non plus pour nous de cultiver je ne sais quelle nostalgie « restaurationniste ». Nous ne sommes pas sur Radio Nostalgie. Il ne s'agit pas de restaurer mais de reconstruire ce pays, qui doit – pour intégrer les populations immigrées qui frappent à sa porte et pour sortir du chaos migratoire – retrouver la fierté de ses racines chrétiennes, de ses richesses spirituelles…*

L'inconnue a quelque chose de vieux, moins lié à son entretien physique ou vestimentaire qu'à sa constitution propre. Moi aussi je l'épie (nous nous épions). Elle est immobile, les jambes courtes et écartées, ivre du temps jadis et de la figure royale, en feu et blafarde. Ses mains sont plongées dans ses poches et remuent lentement. Elle semble perturbée, comme si une gêne parasitait son œil et son attente d'un bout à l'autre de l'église. Je m'arrête sur son cou orné d'un camée Marie-Antoinette. Me reprends. *Je me permets une petite anecdote personnelle. Hier soir, j'ai discuté longuement avec un chauffeur de taxi tunisien, qui me disait – ce sont les mots qui lui appartiennent, ce ne serait pas forcément les nôtres : « Vous, les catholiques, tenez votre pays. »* Sa tête était à présent braquée sur l'autel mais ses yeux louchaient vers moi, comme s'ils cherchaient à me parler, à forer ma conscience.

Vous me trouvez blanche ?
Anémiée.
Vilaine ?
Non non… Vous avez votre beauté.
Ce n'est pas une politesse de circonstance, je l'espère.
Je ne me permettrais pas, les circonstances appellent leur vérité.
Parfois, on pense que j'ai un cancer.
Comme Henriette, la compagne de Kleist !
Pourtant, je suis en bonne santé.
Il est bien que vous me le précisiez.

Je suis seule.
Louis XVI ne reviendra pas.
Vous aussi vous êtes venu seul ?
En solitaire.
Je sais que vous me trouvez sinistre. Je me bats pourtant.
Nous nous battons tous.
Ne vous apitoyez pas sur moi.
Ce n'est pas mon genre.
Vous êtes sincère ?
Mais oui !
Vous tirez vos valeurs du scoutisme ?
Ni des scouts de France ni de ceux d'Europe.
De la Marine alors ?
Ah, mon blouson… Non non, un ami me l'a donné, trop grand pour lui. Il tient chaud mais je regrette de l'avoir mis aujourd'hui, cela peut prêter à confusion.
Vous me plaisez. J'aimerais que nous fassions davantage connaissance. Je suis quelqu'un de simple, vous savez. Je sais que je n'aurai jamais les honneurs du magazine *Point de vue*, qui préfère le gotha et les princesses aux filles comme moi, mais je mérite votre considération.
Vous l'avez.
Vous sortiriez avec moi ?
Vous allez vite en besogne.
J'ai envie de vomir.
Faites.
Où ?
Ici, par terre, sur le dallage de la chapelle des rois. Les fidèles comprendront votre désarroi, ce que vous avez sur le cœur.

J'ai envie de jouir aussi.
Ne vous privez pas.
Où ?
Mais encore une fois ici, où vous voulez, ne faites pas de manières ! Vous ne dérangerez personne.
Dieu est… joie et vous êtes… bon… prince.
Vous m'honorez.
Je… vous… laisse… en paix. Bonne… messe.

Ses mains bougeaient au fond de ses poches. Elle continuait de me regarder du coin de l'œil, comme si elle cherchait à me grignoter, à ronger ma présence avant même l'ingestion de l'hostie. Qu'est-ce qui hurlait en elle ? Je le sus soudain, non plus de ses yeux mais de sa bouche.

« Excusez-moi mais… avez-vous vu le comte de Paris ? Je ne comprends pas, je pensais qu'il serait parmi nous aujourd'hui.

— Euh… Euh, non, mademoiselle… je ne l'ai point… aperçu. »

Ce furent les derniers mots que nous nous adressâmes, avant la procession théophage et les cantiques en mélancolie majeure. La messe mémorielle s'acheva, qui disait déjà, encore vivante et déjà morte : « À l'année prochaine, à chaque année, pour l'éternité ! » Depuis longtemps j'aimais observer la dégradation des symboles dans le présent qui n'existe pas. Je suis sorti de l'église, sonné. Sous le porche se tenait l'abbé royaliste, le corps vivant de l'abbé royaliste, le visage souriant de l'abbé royaliste, avec un mot pour chaque fidèle venu le saluer comme un jovial curé de campagne, proche, haut, massif, frais, thaumaturge impossible de l'histoire. Dehors, de juvéniles maurrassiens aux tempes rasées distribuaient leur gazette au soleil, tandis que les descendants de l'Ancien Régime étaient rendus à la République exténuée. À deux pas, de jeunes membres de la Ligue trotskiste de France les contestaient : « Le seul qui mérite un hommage aujourd'hui, c'est Lénine, mort le 21 janvier 1924 ! Achetez *Le Bolchevik* ! » Un maurrassien prêt à en découdre les insulta : « Vermine rouge ! »

J'ai marché vers les Halles en longeant la Seine, puis je me suis arrêté devant un magasin Darty. En vitrine il y avait des télés prodigieuses, des écrans prodigieux, larges, hauts, étincelants, tous branchés sur BFM silencieuse. J'ai suivi quelques instants le cortège des news dans leur bière de pixels. Les lettres couraient négativement sur mes yeux et il faisait froid et il faisait beau et où était passé le fou du métro qui voulait du combat et où s'exerçait à présent sa folie et les lettres couraient négativement sur mes yeux et « ALERTE INFO : MORT D'HENRI D'ORLÉANS, COMTE DE PARIS, PRÉTENDANT ORLÉANISTE AU TRÔNE DE FRANCE, À L'ÂGE DE 85 ANS. SON FILS LE PRINCE JEAN, DUC DE VENDÔME, 53 ANS, DEVIENT LE NOUVEAU CHEF DE LA MAISON D'ORLÉANS. »

Voici qui couronnait ma journée.

30 avril dans le 22

J'étais de retour. Je voulais me cacher trois jours, trois jours de discrétion pour limiter les obligations sociales, mais quel temps, il pleuvait à verse sur le pare-brise de ma Super 5 Saga 1989 classée collection, je ne voyais rien, rien, rien et de moins en moins, la voiture venait pourtant de passer le contrôle technique sans tricher (j'avais offert une bouteille de Famous Grouse à Martine, la patronne du centre, seulement après le verdict), mais le technicien avait oublié de mentionner que mes essuie-glaces étaient fusillés et qu'il eût été préférable que je les changeasse.

30 avril dans le 22 : précoces ténèbres, le jour était noir avant la nuit et je m'enfonçais dans les terres sur la vieille route d'Yvias les codes allumés sous la pluie battante. J'avais envie de me perdre par là-bas, de rouler et me perdre tranquillement en franchissant Yvias, puis Lanleff, avant de zoner sur les routes miniatures qui longent le Leff vers Le Faouët, ça, c'était le vrai luxe, non plus le littoral, cette pute.

Entre chien et loup j'ai été obligé de baisser ma vitre, même si j'avais peur qu'elle tombe, et j'ai sorti ma tête au-dehors pour deviner le tracé de la route ponctuée de crevasses, mais ce n'était plus possible, la pluie et la lumière m'en voulaient. J'ai grimacé, j'étais pourtant content de rouler à tombeau ouvert à 25 km/h, et j'ai pensé à la femme qui avait humilié un ami écrivain en lui disant que son festival littéraire, quoique régional, n'avait pas vocation à exposer des « produits du terroir », puis j'ai fermé les yeux pour me les essuyer d'un revers de la manche, j'ai grimacé de nouveau en pensant au cirque et à la cruauté culturelle et j'ai voulu m'arrêter n'importe où, sur le bas-côté ou au milieu de la chaussée, j'ai mis les warnings, le dossier de mon fauteuil était trempé, je ne sentais plus le macadam, je flottais, je venais de refuser la commande d'un « guide touristique littéraire » en ligne, dix feuillets contre à peine trois tournées à La Paillotte chez Hippo sur le port de Paimpol, faut être sérieux, à présent seul le ciel me donnait à boire, par seaux, et c'était comme si le monde était devenu liquide et que la lumière du jour s'était éteinte spécialement pour que je me range au milieu de nulle part et soudain j'ai vu un truc jaune briller dans la nuit, j'ai tourné le volant sur la droite, lentement, pour éviter l'aquaplanning, je n'ai pas lâché la lueur du regard, puis elle a grossi, grossi, rectangle jaune sur fond noir, j'ai ouvert grands les yeux : LE PHALANSTÈRE.

Je pousse la porte du corps de ferme devenu licence IV et je découvre un comptoir désert sous une pluie de fine lumière rose et derrière les bouteilles semblent en attente, et ce n'est pas le clip de Brigitte Fontaine « Prohibition » sur un écran mural qui va enflammer le public, *J'exhibai ma carte senior / Sous les yeux goguenards des porcs / Qui partirent d'un rire obscène / Vers ma silhouette de sirène,* puisqu'il n'y en a pas, ou pas encore, de public, ni de porcs. Je me défais, je dégoutte sur le carrelage noir et je vois l'eau qui s'évapore quasi instantanément, il fait bon ici, puis je m'essuie les cheveux avec un Kleenex rapidement diaphane entre mes doigts et il n'y a toujours personne dans la pièce en pierres apparentes et je suis attiré par une cheminée monumentale où se consument de grosses bûches. J'ai envie de dire : « Il y a quelqu'un ? », mais je préfère me taire, je n'ai rien envie de dire, j'ai envie de voir pendant combien de temps il peut n'y avoir personne et du coup je patiente en attendant l'arrivée d'un être humain et j'aperçois un coin épicerie de l'autre côté de la salle avec des conserves, des pâtes et des terrines sur une étagère et je retourne au clip où Brigitte Fontaine célèbre la séniorité décadente puis je me dirige près de la cheminée et je me réchauffe les mains : BF est si pimpante à l'écran dans le bar désert. Je sèche devant l'âtre, regarde le feu qui semble apprécier ma présence et qui croît à chaque fois que j'en approche mes doigts déliés. Le feu joue avec moi et wow wow wow du calme, et j'entends le vent qui hurle au-dehors et qui tape à la porte et aux fenêtres mais je ne lui ouvrirai pas et mes yeux retournent aux bouteilles silencieuses puis à l'épicerie silencieuse où dorment également des trucs apéritifs et j'entends soudain : « Vous voulez boire quelque chose ? » Une femme se tient derrière le comptoir, une septuagénaire en smoking blanc, lèvres anémiées, cheveux de cendres. « Bonsoir », et je lui désigne la pompe. Elle pose une main livide sur le bras chromé et me sert au ralenti une pinte de Lanleff noire. Elle me tend le verre et mes yeux stagnent à la surface où je vois, tracé dans l'écume, un L que mes lèvres font rapidement disparaître.

C'est calme ce soir.
Ça va arriver.
Avec ce temps ?
Ça arrive d'un coup, peu importe le temps.
Ils avaient annoncé ça à la météo ?
Je ne sais pas.
Faut vous trouver.
Non non, quand on cherche, on trouve. Vous êtes venu pour nous ?
Pour vous ?
Vous êtes jeune encore.

De l'andouille fumée.
Merci.
Ça y est, vous êtes sec.
On sèche vite chez vous.
Le feu.

Une autre ?
Oui.
Je vais vous accompagner. Mon petit porto du soir.
Le Phalanstère, sacré nom pour un bar… Vous êtes fouriériste ?
Mon épouse.

Une cigarette ?
Je ne fume plus.
Ça ne vous dérange pas ?
Non, vous êtes chez vous. Les flics passent jamais ?
Les flics les flics… Ils picolent à la gendarmerie, pourquoi ils viendraient jusqu'ici ? La semaine dernière un flic est venu. Il était bourré. Du coup… j'appelle les flics, mais ils étaient bourrés eux aussi. Du coup, j'appelle d'autres flics.
Sérieux ?
Non.

Des chips aux algues.
Merci. Je vais… essayer.
Vous venez de loin ?
Paimpol.
Paimpol ! C'est pas sérieux.
Pourquoi ?
Pour la route.

Brigitte est folle hi hi hi
Que c'est drôle que c'est joli
Dans les plumes de canari
Les feux follets et les rubis

Soyez gentil. Prenez une buche là-bas et mettez-la dans le feu. Il va être content.
Content ?
C'est sa fête aujourd'hui. Allez lui parler. Dites-lui : Bonjour le feu !, ça lui fera plaisir.

Il vous a dit merci ?
Oui. Il m'a léché les mains mais… mais ça ne m'a pas brûlé.
Vous voyez, il est content.
Moi aussi.
Tout à l'heure il y aura des assiettes.
Il y a quoi tout à l'heure ? Je ne vais pas tarder.
Avec ce temps ?

Pas de cigarette, vraiment ?
Bon… Une fois par an après tout.

Les toilettes ?
Là-bas, au fond à droite.

De retour au comptoir je me suis dit que la Lanleff noire avait ses vertus et que si je n'avais pas été une ordure vénale, c'est ça que j'aurais dû refourguer en douce sur le Net pour arrondir mes fins de mois, pas de fausses pilules minceur. Bref, j'en ai conclu que la Lanleff noire est bonne pour la santé. Puis j'ai considéré un nouvel arrivant, un vieillard endimanché face à une coupe écarlate, et je me suis dit : « Tiens, c'est le retour à la normale ! » Insidieusement il a glissé dans ma direction pour faire copain-copain et m'a souri à répétition. Il m'a encore regardé et a levé son verre à ma santé. Il a dit : « Tu vas bien ? » J'ai fait oui de la tête. Il a dit : « T'es là pour la soirée ? » J'ai hésité : « Non, je vais y aller… » Il a dit : « Ah. » Puis il a dit : « C'est dommage. » Et on a bu en silence. Il m'a encore souri et s'est encore approché : « Tu sais quelle est la frontière entre l'homme et la bête ? » J'ai pensé : « Le vide sanitaire entre toi et moi. » J'ai répondu sobrement, sans savoir s'il me provoquait ou s'il voulait de l'affection : « Non. » Il a dit : « Le Trieux. » Et là j'ai vu qu'il attendait de savoir d'où je venais : « Ça va, je suis de Paimpol. » Il a dit : « Oui, c'est après le pont de Lézardrieux que les hommes c'est des animaux. » J'ai descendu le deuxième tiers de ma pinte, puis j'ai levé un pouce en direction du vieux mais je n'aurais pas dû car il s'est approché un peu plus : « J'en ai encore plein des comme ça. » Je l'ai découragé : « Celle-ci vaut pour mille. » Il a dit : « Bon. » J'ai voulu rattraper le coup : « C'est quoi la fête ce soir ? » Il a regardé la patronne qui a fait oui des yeux et il a déclaré, soudain grave et pénétrant : « Ben, on est le 30 avril. C'est la nuit des sorcières. Walpurgis. » Je l'ai regardé en silence. Puis la porte du Phalanstère s'est ouverte et le bar s'est rempli, d'un coup.

Ils sont beaux, ils sont vieux, solennels et intenses d'un point à l'autre du bar, mobiles. D'où viennent-ils ? Du pays du Leff ou de plus loin ? De quel sol, de quelle ferme, de quel lotissement, de quelle maison à crédit, de quel héritage ? De quelle nuit ? de quel pacte ? de quel déluge ? De quelle isolation ? de quelle concentration ? De quelle lueur ? Ils sont beaux et vieux, chics et rustiques, hommes et femmes qui glissent lentement vers le feu, et certains me scrutent et d'autres non, et ils ont la couleur des pensées dans la pénombre violette du Phalanstère bar, et derrière le comptoir je vois un visage ruiné, une femme en costume jaune orné d'une rose noire qui pose péniblement un aquarium sphérique empli de liquide rouge puis y plonge une louche de métal, et les coupes se multiplient et les deux épouses servent à tour de bras les assoiffés convives et le bocal est vide et la femme le remplit en y déversant le contenu de plusieurs poches médicales dont je ne sais si ce sont de réelles poches médicales ou des *bag in box* pour cubi de vin et si elles contiennent du sang sombre ou du bordeaux AOC et il y a soudain une coupe entre mes mains, et les deux femmes me regardent, amoureuses, maternelles, autoritaires, et la brune me dit : « Bois », et son épouse au teint anémié me dit : « Ceci est mon sang », et je les fixe et je sens la foudre m'envahir et je baisse les yeux et trempe mes lèvres dans le liquide interdit.

Putain, Jim, qu'est-ce que tu fous là !
Ben, c'est mon jour de sortie. Une fois par an.
On s'est pas vus depuis combien de temps ?
Oula.

Écoute, je suis content de te voir… J'ai appris que tu avais porté la main sur toi seulement un an après.
Je n'ai prévenu personne.
Tu as toujours eu de l'humour. Tu étais renfrogné et timide, avec de l'humour.
Toi aussi… Surtout quand tu plantais les choux à l'envers !
C'est vrai que j'étais pas doué.

Tu fais quoi aujourd'hui chez les vivants ?
Pas si éloigné de ton ancien secteur. Je suis dans l'agri… culturel.
L'agriculturel ?
L'élevage de mots, sauvages ou pas, avec customisation, ou sans.
Une filière rentable ?
Rarement. À moins de faire plaisir à la société ou de matcher avec elle. Certains font des prototypes et sont un peu chamanes, mais c'est rare. Bon, Jim, te laisse pas impressionner par ça, c'est moins dur que l'élevage porcin, et dans ta filière, il y a zéro rentier.
Tu bois un coup ?
Une Lanleff noire.
Ça c'est un prototype.

Tu as fait fort quand même.
Je sais. Mais c'était pas de ma faute.
Tout le monde le sait, Jim. Tout le monde sait qu'un vrai éleveur fils d'agriculteurs ne choisit pas l'accident industriel et la destruction des poissons de la rivière.
On m'a fait chier tu sais.
Je sais. Ceux qui savent pas. Ou qui veulent rien savoir et qui passent leur temps à arroser leurs principes de donneurs de leçons. Ils pensent que la vie c'est Jardiland.

T'y as cru à l'Eldorado en quittant la ferme ?
Ben oui, je savais que ce serait dur, mais j'espérais mieux. Mais seul… les bêtes… les heures… les charges… le crédit…

Un million d'euros dehors…
Et puis ces cons qui t'ont humilié.
J'ai pas supporté.
Personne ne t'en veut, Jim.

La nuit du Mal commence à battre son plein et le sabbat s'oppose à la frugalité comme la bombance au yoga ainsi qu'en témoignent, opulents et nombreux, cervelles de veau fraîches, foies de génisse et cœurs de lapin qui défilent sur des plateaux de métal pour l'appétit de tous et c'est vraiment bien le Phalanstère bar et le hasard d'un apéritif au long cours pile le soir des sorcières et du coup je me dirige vers le comptoir où, désormais, à côté des deux mariées se tient un vieillard en smoking ivoire accordé non au piano mais à la couleur de ses cheveux filasse. J'attends mon tour et je l'observe, lui est préposé aux alcools forts et autres breuvages multicolores, et je le vois embrasser successivement les deux femmes à pleines lèvres, mon salaud, et je me dis que les illusions sont trompeuses, qu'il s'agit donc d'un trouple marié qui dirige le Phalanstère, creuset progressiste. L'heureux époux me sert un whisky dans un verre baby que je fais sombrer dans ma pinte nouvelle et je me souviens que j'avais découvert cette sympathique coutume du côté de Galway avec un copain ostréiculteur et un autre cinéphile et le maître de cérémonie déclare les yeux brillants : « Walpurgis au Phalanstère est la synthèse occulte des fêtes bretonnes de "Kala-hañv" et "Kala-goañv", des calendes d'été et des calendes d'hiver, des fêtes Beltaine et Samain chez les

Gaéliques – Halloween chez l'Oncle Donald –, bonne fête du Mal et de la Mort », et je m'éloigne, tombe sur deux historiens mystiques qui ne sont pas d'accord sur le point de savoir si Hitler reclus dans son bunker de Berlin a choisi la date du 30 avril et donc Walpurgis pour se foutre en l'air en une symbolique grandiose, ou si c'est plus prosaïquement à cause de la déroute que le Führer s'est tiré une balle dans la tempe de sa main parkinsonienne tandis que la douce Eva Braun gobait non pas un ecsta ni une rondelle d'andouille mais du cyanure, et j'écoute les arguments de l'un et de l'autre et je ne sais que penser alors je ne pense plus et laisse monter en moi le whisky qui se dilate dans la Lanleff noire, bière des dieux et des noms de Dieu !, et je me retourne, heurte une vieille qui achève une coupe de sang et je ne sais comment elle se débrouille mais le sang danse au-dessus de sa coupe et retombe sans déborder, comme magnétisé, et l'inconnue se présente, la peau liftée sur le point de rompre, vaudrait mieux pas : « Renée, sorcière de Pludual, de la lignée des sorcières de Kermaria an Isquit », et moi je réalise : « Putain Pludual ! J'ai traîné au Petit Pré ! », et elle dit : « L'ancêtre des Vieilles Charrues… Moi j'y ai tenu la buvette en bénévole. Et puis ils m'ont énervée, je leur ai jeté un sort et le festival s'est arrêté », et je me souviens : « J'y ai vu Manu Dibango », et elle se souvient : « L'édition 1986… Mon neveu DD s'était fait passer pour son chauffeur… », et je demande : « Pour quoi faire ? », et elle répond : « Pour pas payer l'entrée… », et j'essaie de savoir : « Mais du coup il conduisait qui ? », et elle répond : « Un faux Dibango ! », et elle précise : « Nostra, un pote à DD, un Ghanéen de Paris plein aux as qui avait prêté sa Ford Escort noire immatriculée 75 pour rouler la sécurité ! », et je fais : « Ah ah ah ah ! », et elle fait : « Oh oh oh oh ! », et elle dit : « Mais comme j'aime pas les resquilleurs, j'ai jeté un sort à DD et il a perdu tous ses cheveux », et nous nous tenons devant le feu affolé, parmi une dizaine de suppôts réunis en demi-cercle, vêtus d'une coule noire et encapuchonnés jusqu'aux sourcils, et je lui demande ce qu'elle fait aujourd'hui en 2022 et elle me dit qu'elle attend la vie éternelle après une carrière à la poste de Plouha, puis elle ajoute qu'en 2222 le Mal régnera sur tout le 22 et je me demande si *La Presse d'Armor*, le meilleur hebdo de Bretagne, et de loin, est au courant de ce 30 Avril de gala.

T'es là, toi ! Mais tu sais que la fête est réservée aux morts et aux plus de soixante-dix ans !
Oh putain, Dom', vous ici ! Vieux bandit ! C'était le déluge, j'ai poussé la porte.
Ben voyons, toujours une bonne occasion de galoper.
T'as pas changé, à part la trace sur ton cou que j'ai jamais vue.
Moi j'ai pas eu le temps de la voir.
T'étais un seigneur, Dom', mais il y a toujours un pote sur dix qui allait trop loin en tout et c'était toi.
Bah oui, no limit.
La gueule sous la pompe à bière dans le café de tes parents fermé le dimanche après-midi.
Bah oui. Plus le reste.
Bien ta veste en jean et ton pin's PIL. Public Image Limited… parfait pour la night.

Toujours classe, même dans l'au-delà ! Te laisse, suis speed, faut que je voie mon dealer, on se recroise.

Non, toi aussi, Jo ! J'arrivais pas à savoir si…
Ben si…
Je savais que…
Ben oui…
Mais pas comment…
Ben voilà…
Tu te portes bien ?
Mieux.
T'as pas eu de veine.
Non.
Jamais trop bavard non plus.
J'écoutais.
Quand le prof de français t'avait sorti que t'étais juste bon à ce que tes vieux touchent les allocs…
M'en souviens pas.
Vaut mieux.
J'ai picolé.
Avec ton handicap, tu ressemblais à un cow-boy quand tu marchais. Puis le crash en bagnole, ça j'ai su.
Ma faute. J'en ai tiré les conclusions.
Je te voyais flotter sur ton Ciao Piaggio. C'était des drôles de machines, tellement légères. Oui, tu flottais.
Ça me changeait du sol.
Jo…
Bonne soirée.
Ciao.

Ah que la vie est belle
soudain elle éblouit
comme un battement d'ailes
d'oiseau de paradis

Ah que la vie est belle
quelquefois pour un rien
la divine immortelle
dans le mal et le bien

Jeune homme, c'est votre première en ces lieux ?
Oui, et je ne le regrette pas, hic. Quelle fête ! Vive Walpurgis ! Je revois du monde, je fais des rencontres…
C'est le principe. Le printemps, de la mort à la vie, une fête formidable, très mondaine au fond…
Pourquoi vous me regardez comme ça ?
Vous êtes le cadet de la soirée. Quel âge, sans être indiscrète ?
Presque un demi…, euh… 22.
Tout jeune ! Je m'appelle Vermeil. Et vous ?

Le Phalanstère est vraiment un lieu accueillant, hic. Je reviendrai, hic.
Oui mais attention ! C'est une fois par an seulement.
Top le passage au printemps, hic.
Pas que.
Hic.
La nuit qui décroise ses jambes.
Hein ?
Le passage à la société, jeune homme.

Hic.
Socialisme utopique le 30 avril, socialisme scientifique le 1er mai.
Hic.
Mystique du sens, sens de la réalité.
Hic.
Rêve de société, société de rêve.
Hic.
La fête de toutes les fêtes ! La métafête !
Hic. Z'êtes un peu philosophe.

Passons aux choses sérieuses. Comment tu me trouves ?
Pas… pas mal. Mais, hic…
Mais quoi ? Trop âgée ?
Un peu quand même, non ? Vous pourriez être, hic…
Ton aïeule… allez, n'aie pas peur ! C'est rien les écarts d'âge ! Et puis une fois par an, personne le saura ! Va au bout de ton désir…
Mon désir, hic ?
La gérontophilie, c'est mieux que la philatélie.
Mais vous êtes obscène, hic ! Il y a deux secondes je ne comprenais rien à votre charabia intellectuel et maintenant vous me faites des avances contre nature, hic !
Ouais. Mais bon, c'est la seule vérité. Après, c'est du philtre. Moi c'est open bar. Partout et tout le temps, *urbi et orbi.*
Vous êtes drôle, hic.

Dis oui, je serai ta première vieillarde.
Non, hic.

Mais si ! Un homme qui dit non, c'est oui. Avec les gars du 22, c'est fou. Bon, tu veux me baiser pour fêter le printemps ou quoi ?
Enfin, madame, il y a du monde, hic.
Pas dans le bar !, je suis pas aveugle. J'ai une idée…
Hic.
Dans ta caisse.
Pas question, hic. Maintenant laissez-moi, j'ai des amis à voir, hic.
Allez, toi et moi… Dans ta caisse… Au sec sous la pluie…
Madame, cessez de me harceler ou je porte plainte !

C'était l'aube dans ma Super 5. Mes yeux brûlaient, j'avais froid. J'avais la bouche pâteuse et mal au crâne. Oh non… du rouge à lèvres sur le tableau de bord et des cheveux blancs sur le volant… ainsi qu'une… dent… J'ai démarré, direction chez moi. Il faisait clair, pas besoin d'essuie-glaces. Mais ça… ça sentait le brûlé dans la campagne glacée. Oh non… J'ai inspecté la voiture, ce n'était pas ça. J'ai regardé dans le rétro : à deux ou trois cents mètres s'élevait une colonne de fumée : le Phalanstère. Le Phalanstère, dans sa destruction annuelle, dont il ne resterait bientôt plus rien. Je roulais mais ça tanguait tellement. Soudain j'ai baissé la vitre pour vomir, puis je me suis essuyé la bouche d'un revers de manche et j'ai regardé droit devant moi sous un déluge de blancheur. 30 Avril, 1er Mai. De la nuit du Mal au jour des Travailleurs. Contrôle technique OK.

Allô ?

— *Salut, jeune homme.*

— *Salut, Hélèna.*

— *Je te dérange ?*

— *Oui, mais c'est pas grave…*

— *Merci de me le dire, ça fait toujours plaisir !*

— *Alors me pose pas la question… Ton livre sur les tarots, ça avance ?*

— *Euh ça avance mais je ne t'appelle pas pour ça : tu sais qu'on a rendez-vous à la salle de shoot, t'as pas oublié j'espère ?*

— *Baby, shoot.*

— *Euh, ça va ?*

— *De mieux en mieux, j'écris comme une bête en ce moment.*

— *Tu y seras ?*

— *Non.*

— *Pourquoi ?*

— *Pourquoi ?… Pas le temps et pas besoin, puisque j'écris comme une bête.*

— *Tu te fous de ma gueule ? C'est toi qui me dis « rendez-vous à la salle de shoot » et maintenant tu me plantes ? Égoïste !*

— Un égoïste est quelqu'un qui ne pense pas à moi… À la prochaine, Hélèna, je me shoote au travail.

L'Église des dunes

Le jeune Antillais se rince les cheveux, chasse la mousse de savon à la glycérine qui le recouvre comme de l'écume, puis avance une main qui écarte le rideau de plastique et dit d'une voix claire, affirmée :

Chacune des consciences en scène a réalisé le saut.
Du néant à l'Être justifié
De l'être injustifié au Néant
D'où l'allure finie de l'expression.

Il sort de la baignoire, s'avance, s'aperçoit dans le miroir, mince, affûté, scintillant. Il prend une serviette, se sèche. Bientôt son corps est neuf, prêt. Il enchaîne vocalement, cette fois plus emphatique, comme un avertissement à la glace où tremble son reflet :

Polyxos, debout ! La déchirure d'un monde se prépare.
Polyxos, Polyxos, debout !
Préviens l'ÉVÉNEMENT !

Les jambes droites devant le lavabo il fait mousser du savon, se farde du cou jusqu'aux tempes, puis se rase avec application, avec un soin quasi médical. Il défait une à une au rasoir les bandelettes éphémères apposées à sa peau, obtient un épiderme net tiré sur des pommettes hautes – une figure conquérante et tendre, quelque chose d'un boxeur juvénile. Un peu d'après-rasage bon marché emprunté au locataire des lieux, un coup de peigne sur ses cheveux noirs coiffés en arrière, puis il passe les sous-vêtements et la chemisette blanche qui l'attendent pliés sur une chaise.

Il entrouvre une fenêtre qui donne sur un bassin immobile sous le ciel azur – le calme des beaux jours, la quiétude matinale.

Il regagne sa place face au lavabo blanc et se met de nouveau en scène, comme un tragédien dans sa loge pressé de répéter plutôt que de s'habiller malgré l'imminence du spectacle. Ses yeux s'emplissent d'une fureur tranquille, sa voix profère, venue de loin, précise, brutale, haletante :

Arrêtez foules menacées et horizontales qui me dites de mon existence l'impuissante causalité.
Un acte ! Je veux éclabousser ce ciel enceint d'un acte vertigineux !
Mains parallèles d'un acte nouveau faites retentir le monde empesé !

Soudain une voix masculine le coupe dans son élan incantatoire : « Frantz, tu te dépêches ? » Le jeune homme dit : « *Mwen ka vini !* » Il quitte la salle d'eau, gagne sa chambre, enfile un costume beige Sahara, un costume d'été. « Tu te dépêches ou quoi ? *Fè débriya !* » Frantz sort, fait très petit monsieur du haut de ses vingt-trois ans dans le salon de l'appartement face à son frère Joby, à peine plus âgé, vêtu pour sa part d'un uniforme d'inspecteur des douanes. « La dactylo va bientôt arriver. Je te rappelle qu'Annie est la femme d'un collègue. D'habitude, elle tape des rapports. Surtout, sois calme avec elle, et remercie-la. » Frantz, énervé : « Je sais ce que j'ai à faire, et surtout à dire. » Joby hausse les épaules : « J'y vais. Quelle idée de passer ses vacances comme ça à Dunkerque ! »

On sonne. Une jeune femme brune dans une robe d'été avec à la main une machine à écrire portative : « Bonjour, je suis Annie, la dactylo. » Le salon du logement de fonction dans l'hôtel des douanes reconstruit, coquet, lumineux, martial : elle s'assoit sur une banquette, près d'une table où désormais repose la machine, une petite Japy qui a déjà fait ses preuves. Frantz dit : « Je suis étudiant en médecine à Lyon. Je suis venu voir Joby et finir une pièce de théâtre. Vous pourriez la taper ? » Elle dit : « Je peux travailler de 9 heures à midi et de 14 à 17 heures. » Il dit : « Parfait ! » Elle demande : « Quel genre de théâtre ? » Il répond : « Dans le genre de Sartre. » Elle demande : « Vous avez un titre ? » Il répond : « *Les Mains parallèles*. » Elle regarde les siennes, leur peau sombre, leurs ongles clairs, leurs doigts déliés, ose : « J'ai entendu parler des *Mains sales* à la radio. » Il dit : « J'ai vu la pièce à Lyon au printemps. Vous aimez le théâtre ? » Elle rougit : « Les classiques... » Il dit : « Moi, chez les classiques j'aime Shakespeare. Et chez les contemporains, Sartre. Et chez les penseurs de la tragédie, Nietzsche. » Elle se tait, puis demande : « Quelle est l'intrigue ? » Frantz s'agite : « Ce sera une tragédie en quatre actes… Quelque chose de grec. L'action a lieu dans le palais de Polyxos, roi de Lébos, une vieille cité insulaire endormie. Épithalos, le fils du roi, va tuer son père pour régénérer l'île… On est le jour du mariage d'Épithalos avec Audaline. Dràhna, la mère du prince, a des prémonitions… Plus que deux actes à dicter, ça ira ? »

À présent Annie tape tape tape et tape, qui est ce type ?, clic clic clic clic, le Verbe est un sport de combat qui se rode face à la mer du Nord, clic tape clic tape, qui est ce Martiniquais qui parle d'une île au nom grec tout de même un peu olé-olé ?, clic clic clic, face aux sables et à l'horizon vide, un peu moins vite, monsieur Fanon, s'il vous plaît, appelez-moi Frantz et ne m'interrompez pas :

Dehors les têtes saoules démesurément fracassées
s'accomplissent

Qui est cet élégant en vacances parlant maintenant un doigt levé au ciel ou plutôt au plafond ?, tape tape tape tape, et il s'agite :

Flûtes anxieuses
Hautbois infernaux
retentissez !

Mains arrachées
Mains orphelines tremblez
le tombeau s'est ouvert!

« C'est toujours Audaline qui parle ? » Frantz répond : « Ne m'interrompez pas, Annie, mais oui c'est toujours elle, Audaline la fiancée du prince a préféré mourir. On reprend acte 3 scène 3 », Annie demande : « Frantz, pourquoi un tel bain de sang ? », il répond : « C'est une tragédie, non ? », et elle n'ose plus rien dire, se cache sous sa dictée, tape tape tape, il la bombarde de mots, c'est Dunkerque sous les mots !, et Annie tape cette fois la vérité de Ménasha, la mère d'Audaline trépassée qui parle comme le prince qui pense comme Fanon qui écrase soudain son poing droit dans le vide :

L'homme est une erreur incorporée
Les démarches diffluentes introduisent des carrières multiples

Rien de moins. Et les sentences fusent, torpillent les minutes qui défilent, et les doigts commencent à souffrir sur la durée, et Annie suit tant bien que mal ce type animé qui parle bizarrement debout devant elle, et la reine veuve et livide souffre elle aussi, et tout à coup s'effondre de désespoir :

Monde inutile Dràhna défaite
attend les répressions paradoxales!

Fin de l'acte. On reprendra demain. Merci, Annie.

Et déjà c'est demain et à l'extérieur le soleil coule sur Dunkerque qui renaît de ses cendres, ruisselle sur la ville traumatisée par l'acte 4 qui arrive au galop et nous livre sa propre leçon de grammaire, clivée, sans dehors, fatale, clic clic clic clic :

la seule tragédie, le langage me bat la pensée

Mais comment peut-on penser des choses comme cela, Frantz ? Un docteur qui plus tard soignera les gens ! Il est un peu dingue !, comme ce prince qui tue son père tout comme Brutus a tué César et soudain la reine se rend compte que son fils a commis l'irréparable, anéanti toute promesse, et Annie tape tape tape et surtout observe Frantz du coin de l'œil alors qu'il se montre de plus en plus agité :

Ah ! Épithalos entaille brûlante
Qu'as-tu fait de tes mains radiaires ?

« Moins vite, Frantz, moins vite… » Il s'agace : « Tapez, Annie, tapez ! », puis lâche : « Stop ! » Elle sursaute : « Quoi ? », il répond : « Je ne sais pas comment finir la pièce, j'ai besoin d'un lieu plus propice à mon imagination. On continuera demain. »

À présent c'est demain et ils sont dans un cimetière. Il lui fallait un lieu qui l'inspire. Joby n'a pas dit non et Annie, elle, a dit oui. Envoûtée peut-être. Il fait encore soleil, une douche de soleil sur les pierres tombales, gens du pays des dunes ou d'ailleurs éteints par le temps, la maladie ou la guerre – la Grande, puis la Deuxième. Frantz l'a traversée : soldat noir au Maghreb et en France, blessé au Front en Alsace, croix de guerre… Annie le sait. Joby le lui a dit : « Mon frère a une bourse d'études au titre d'ancien combattant. »

Ils longent les allées, tournent à droite, à gauche. Frantz s'arrête : « Là. » Annie s'assoit sur un banc. Elle tend le tissu de sa jupe, serre les jambes, pose la machine à écrire sur ses genoux, prend sa respiration. Lui reste debout, comme à son habitude – il n'est pas un écrivain homme-tronc. Il inhale le temps, la guerre, l'esclavage, les colonies, le lieu qui les recouvre, les sépultures parsemées de lettres, de noms d'inconnus, ses yeux roulent, ses bras et ses jambes se mettent en branle, et il dit comme un sauveur :

Mère, de mes mains armées d'inquiétudes infinies
je modèle un jour bouillonnant

Annie tape lentement « bouillonnant », en accord avec l'accablante chaleur du jour. Puis elle murmure : « Vous croyez que les morts vous entendent, Frantz ? » Il s'emporte : « Ils boivent mes paroles, ils auraient aimé les entendre de leur vivant. Ce sont nos spectateurs pour le futur. » Et le jeune homme continue ses promesses à la reine Dràhna, grandiloquentes, ensanglantées, inutiles après le meurtre du roi :

Mère je t'apporte,
Éruption damasquinée
Le jour fulgural

Annie tape ful-gu-ral : « "Fulgural", c'est bien ça ? » Il insiste : « Oui, fulgural. La divination par l'observation de la foudre… Les Romains et les Étrusques la pratiquaient. » Elle rit : « C'est vous la foudre. » Il se crispe : « Merci. » Puis ajoute : « Continuons. On travaille bien ici, parmi les morts, sous la chaleur qui exalte et qui donne toujours plus… »

La fièvre
Mon cœur
Mon corps farouche heurté au flanc de l'histoire humaine
Ma fièvre dissolvant la comique banalité.
Ma gloire
Je m'élève
ACTE *sacrificiel je m'élève.*

Mais pourquoi s'élèverait-il comme la Vierge dans un cimetière où l'on s'enfonce ? Quel drôle de type, vraiment ! Quel orgueil !

Un employé municipal passe, les regarde en coin. Au-delà de l'enceinte, des grues poussent comme des champignons. Dunkerque, 1949. La ville revit. Fanon dicte. Annie tape. Tape tape tape, elle tape la voix de Frantz, sa voix c'est le corps en éruption et les épaules qui roulent :

*Langage habilité par l'*ACTE *soulevez le monde*

Annie se dit : « Des mots, des mots, des mots… » Elle se dit aussi : « Il a tué son père et rien ne changera au final. » Elle s'inquiète : « Ça va mal finir. » Elle continue de taper :

(telle une chair arrachée par un mouvement de mitraille)
JE VOIS

Annie comprend qu'il voit surtout la mort : « C'est fini ? » Frantz répond : « Oui. » Ils se regardent, vidés, épuisés.

Ils marchent parmi les tombes.

Frantz tient la poignée de la machine à écrire, Annie une liasse de feuilles. Ils marchent lentement sous le soleil, souple et vaguement solennel. Épithalos est mort. Il a échoué et ne vaut finalement pas mieux que le roi Vaval, seigneur et bouffon expiatoire du carnaval créole qui purifie des maux de l'année et dont l'effigie est brûlée chaque mercredi des Cendres. La révolution n'est pas chose mentale et n'est pas *neg gwo siwo* qui veut, l'esclave de carnaval enduit de mélasse pour mieux dissimuler sa fuite dans la nuit. Annie dit soudain : « J'espère que vous arriverez à faire monter votre pièce. »

Ils sortent du cimetière en silence comme on quitte une scène.

L'homme mal rasé, perroquet multicolore tatoué sur l'épaule gauche, corsaire Jean Bart sur l'épaule droite, prend une douche sur une surface carrelée dite *à l'italienne*. Noyé de shampoing, il se rince et sifflote la chanson qui sort de l'enceinte Bluetooth waterproof posée à ses pieds :

Raymonde, elle a un gros derrière
Elle a aussi un sacré d'vant
Tout l'monde i' dit que c'est la bière
Qu'elle était pas comme ça avant !

Il quitte la douche, s'aperçoit dans le miroir embué entouré d'ampoules, large, pileux, la verge réduite, le prépuce ouvert en embouchure de trompette, dégouttant d'eau douce. Il s'empare d'un drap de bain posé sur le sèche-serviettes, s'en entoure. Il se sèche, applique du baume de rasage sur sa peau désormais souple et docile, entreprend de se raser avec un rasoir triple lame. Ses poils tombent par paquets dans le lavabo et fuient dans des tourbillons d'eau mousseuse. Bientôt son visage est neuf, rose, prêt. Il enchaîne vocalement, suit la compilation qui jaillit de l'enceinte nomade :

Elle a de grosses tototes ma tant' Charlotte
Il a un gros cigare mon oncle Édouard
Elle a de belles fesses ma tante Agnès
Elle a de belles cuisses ma tante Alice

Sec et rasé il passe le slip boxer et le pull à col roulé noir qui l'attendent pliés sur une chaise. Puis entrouvre une fenêtre par où s'échappe la buée de la pièce d'eau. S'aperçoit un paysage de dunes, devant la mer sombre et blanche, rauque. Le vent souffle et des paquets de sable tournoient à la lumière des lampadaires municipaux sur la promenade déserte.

Il regagne sa place face au lavabo. Sa tête tourne sur elle-même et son large cou craque, ainsi que ses doigts avant de se mettre au travail. Il ouvre un nécessaire de beauté, prend une mousse de protection DermaShield, *the ultimate skin protector*, en applique une noix sur sa peau de bébé et chantonne cette fois :

Va laver ta moule tu vas salir mon bigoudi,
chère bonne amie, chère bonne amie,
Va laver tes pieds, tu vas salir les draps d' mon lit !

Il prend une palette de couleurs de la gamme Black, de chez Astuces beauté. À l'aide d'un gros pinceau, il commence de s'appliquer une teinte charbon : le cou, la pomme d'Adam, le menton, les joues, excepté un cercle laissé vierge autour de la bouche. Il s'observe dans la glace en mode bicolore : noir jusqu'aux pommettes, rosâtre jusqu'aux cheveux. Puis le pinceau passe sur le nez massif, les tempes et le front. Le visage est maintenant complètement recouvert de noir, du plus intense des noirs. Il ferme les yeux, maquille les paupières, rouvre les yeux, se considère dans l'apparat de son épiderme de circonstance. Toujours au pinceau, il trace un cercle rouge vif autour de sa bouche. Puis dessine à l'oblique deux bandes blanches sur ses pommettes et répète le geste sur l'arête nasale et les sourcils. Le visage est réussi, structuré, bon enfant : la soirée sera longue et dingue !

Wiche, wiche, wiche, wiche
Viens jouer avec mon wiche
Cin' minutes c'est pas longtemps
Et mon wiche i' s'ra content !

Il prend un tube de fluide antitranspirant et en applique sur l'ensemble de la composition. Il embaume son make-up de gala avec une poudre de fixation *Invisible touch face fixing powder* de chez Kiko. Il saisit une canette de bière d'abbaye près du porte-savon, l'ouvre, y boit à longs traits, la repose, maculée de rouge. De nouveau il se déplace et enfile cette fois un pagne en rafia. Il retourne au miroir, met autour de son cou un collier composé de bout d'os et de fausses dents, fixe à ses oreilles deux doubles anneaux de métal. Puis il ajuste sur sa tête une coiffe en plumes de paon dressées tenue par un bandeau en léopard synthétique.

Il a bientôt fini son déguisement et parachève son *clet'che* en passant des gants blancs. Il se mire en finissant sa bière, la canette cerclée de doigts de cérémonie. Puis il asperge d'eau de toilette sa parure de Noir imaginaire et reprend avec force un standard du carnaval qui jaillit de l'enceinte à ses côtés :

Tout les femmes, i'putent ! Tout les femmes, i'putent !
Y a qu'les hommes qui sintent bon
Tout les femmes, i'putent ! Tout les femmes, i'putent !
Y a qu'les hommes qui sintent bon

Une voix de femme se fait entendre : « Je peux entrer, Jeff ? » Il l'encourage : « Voui, Célestine, viens admirer l'chef ! » Elle se pose au seuil de la salle de bains, regarde son homme négrifié. Sa peau à elle est sombre et cuivrée et ses cheveux coiffés au carré, ébène, lisses, brillants, et ses yeux sont verts et elle lui parle et lui parle encore mais il ne s'arrête plus de chanter et elle lui dit : « Arrête de faire le perroquet ! », mais il ne s'arrête pas et elle cède, l'air grave :

Avec la femme à Nèche on a bien rigolé,
elle a montré ses tetches, on a bu tout son lait.
Avec la femme à Nèche on a bien rigolé,
elle a sucé mon wiche, elle a tout dégueulé !

Le chant prend fin, Célestine peut commencer : « Tu as encore reçu des menaces sur les réseaux sociaux, ils n'ont vraiment pas d'humour. » Il la toise en silence, formule avec insouciance et entrain une réponse fournie par l'enceinte Bluetooth :

Marie Patate elle a son cul plein d'merde,
c'est pas vrai elle l'a lavé !
Marie Patate elle a son cul plein d'merde,
c'est pas vrai elle l'a lavé !

Deux bambins attendent Jeff en bas de l'escalier : l'un affublé d'une perruque verte et d'un boa rose, peut-être une fille, l'autre d'une perruque bleue et d'un boa blanc, peut-être un garçon, les deux avec des lunettes clignotantes. Billie dit : « Papa, t'es tout noir ! » Tommy dit : « Plus que maman ! » Célestine se place derrière les enfants, passe un bras autour de leur cou. Jeff dit : « Tout ça c'est que des conneries, notre Bande elle a rien à se reprocher et le premier qui me traite de raciste avec vous, mes chéris, qu'il vienne m'le dire en face, pas sur Facebook ou sur Twitter ! » Billie demande : « C'est quand qu'on pourra aller seuls à Carnaval ? » Jeff répond : « Tu peux déjà y aller mais la nuit faut bien rentrer. » Tommy demande : « Papa, pourquoi tu prends pas ta voiture ? » Jeff précise : « On vient me chercher. » Billie demande encore : « Vous viendrez faire chapelle à la maison tout à l'heure ? » Jeff répond : « Je sais pas, tout est possible, mais normalement je rentre pas. » Puis il en a assez, les embrasse et dit : « À tout à l'heure, gamins, vous me rejoignez avec maman ! », et il embrasse Célestine, qui dit : « Bois pas trop, et réponds pas si on te provoque. » Il acquiesce et, les yeux brillants, considère l'affiche sur la porte d'entrée :

NUIT DES NOIRS 2023

55 ANS DÉJÀ ! TOUS LES 5 ANS SEULEMENT !

BAL NON-FUMEURS

KURSAAL – DUNKERQUE

Billets 30 euros prévendus par les Noirs,
aucune vente sur place
au profit de la Société nationale de sauvetage en mer

Il est dehors, sur le front de mer balayé par le vent, près d'un lampadaire municipal à la lumière crue où dansent des particules de sable. Son parapluie géant à quartiers noir et blanc tremble comme une voile. Du sable court sous ses chaussures tout-terrain surmontées d'une parure à étages en rafia rouge et or qui enveloppe chevilles et mollets. En attendant *d'y aller*, il continue de répéter la culture, de chanter la divine Obscénité :

Et quand on s'aime, y a pas d'problème,
Mets ton doigt dans l'trou d'mon cul ça sent la rose,
Allons-y, allons-y tout simplement !

Dunkerka, duinkerke, duinkerken, duun-kerke : « l'église des dunes ». Le nom de la ville et la ville elle-même, là, face à la mer du Nord qui charrie des rouleaux sombres, marron, brun noir, noirs, et des sables mêlés à l'écume déchiquetée sous le vent qui siffle, près de blockhaus déserts sur le littoral, face à rien – l'horizon illimité, la mer elle-même, invisible, haletante.

Il a fier allure le masquelour. Il attend sa bande.

Est-ce que t'as pas vu la bande ?!

Une camionnette décélère.

« Ah ! ça doit être les Noirs ! » Jeff s'approche.

Une vitre se baisse. Deux silhouettes apparaissent, en combinaison de lycra seconde peau intégrale blanche, visage inclus, surmonté d'une perruque afro orange et d'un casque de pompier.

— Tu nous reconnais ?

— Difficile, *mononcle*... Z'êtes qui ?

— On est la Bande des Blancs et tu nous dégoûtes.

Le conducteur brandit soudain un extincteur et inonde Jeff, qui recule sous la pression du jet et se masque le visage pour éviter non du gaz carbonique ou de l'eau mais... du lait, des flots de lait.

— Être noir c'est pas un jeu, sale raciste !

Jeff se tient à présent à distance suffisante pour ne plus être arrosé. Il est trempé de la tête aux pieds, son maquillage coule, café au lait.

— C'est vous les racistes, rien à foutre de votre morale. Carnaval c'est... c'est pour s'amuser.

— On est des fils d'esclaves !

La camionnette part en trombe.

Jeff s'ébroue, animal chromatique. Il est comme sanguinolent, mais de lait. Il se frotte les yeux de ses gants blancs souillés – les pommettes, le nez –, anéantit un peu plus son maquillage. Des rigoles blanches, rouges, noires et grises lui font des marbrures mouvantes, verticales. Il fait un pas en avant, deux en arrière, deux en avant, un en arrière. Les lampadaires municipaux se sont éteints. C'est nuit noire sur la scène littorale.

Il entend la voix de Célestine, se retourne : « Je t'avais dit qu'ils avaient zéro humour ! »

Il entend les voix de Billie et Tommy : « Papa, papa, qu'est-ce qu'ils t'ont fait, t'es tout blanc ! »

Soudain un grand souffle et le parapluie s'échappe et file vers Carnaval.

Le masquelour regarde sa famille, hésite, puis se met à courir, court et court encore derrière son totem en fuite, et il entend : « Reviens, Jeff, reviens ! », mais rien n'y fait et il court et court encore et on entend ou croit entendre sa voix qui chante la bonne étoile, qui chante la félicité chorale, qui chante : *Est-ce que t'as pas vu la bande ?!*, et il continue de courir sans que rien ni personne puisse l'arrêter, et il se rue vers la merveille païenne là-bas au loin, vers la société renversée, enfin réalisée, et bientôt on ne le voit plus sur le front de mer.

Le public massé dans les gradins de bois applaudit et tape bruyamment des pieds, sous la toile illuminée du théâtre itinérant.

Les comédiens reviennent saluer les spectateurs, toujours en costume de Carnaval, main dans la main devant les décors amovibles, sur la scène circulaire et mobile : le Noir de toutes les couleurs, sa femme, ses enfants et les deux pompiers de la Bande des Blancs à bord de leur camionnette en carton.

Des cris et des sifflets joyeux fusent de part et d'autre de l'enceinte, baignée dans la fraîcheur nocturne, plongée dans la nuit commune.

L'Équipement de la pensée

François Blondel (1618-1686) est passé à la postérité grâce à son Cours d'architecture *(1675), où il développe pour la première fois le calcul des escaliers. L'énoncé nous est resté sous la dénomination de «formule de Blondel»: M = 2h + g.*

M *est le module (ou le pas), et vaut deux pieds (64,8 cm),* h *la hauteur de la marche et* g *son giron (la distance entre deux nez de marche consécutifs mesurée sur la ligne de foulée – la ligne théorique parallèle à la rampe d'escalier).*

La ville de Paris honore aujourd'hui la mémoire de François Blondel par une rue portant son nom près de la porte Saint-Denis (qu'il a conçue), entre les rues Saint-Denis et Saint-Martin. Cette rue est historiquement un haut lieu de la prostitution parisienne.

On aborde le fondamental BOULEVARD BONNE-NOUVELLE *(347 × 35 m) par la porte Saint-Denis. Très belle et inutile aux hommes, elle devient laide et pratique en servant d'abri aux pigeons. Ce paravent intérieur du grand appartement parisien forme une double frontière, spatiale avec le 2*e *arrondissement, et temporelle avec le* XVIIIe *siècle. Paris n'étant qu'une* *suite d'extensions, un jour viendra j'espère où les banlieues limitrophes seront annexées.*

LUDOVICO MAGNO – *Louis le Grand, Louis XIV, le Roi-Soleil: les colossales lettres de bronze sur le fronton de l'édifice surchargé de sculptures guerrières – armes, trophées, lions gueules ouvertes, langues pendantes – brillent par temps clair et veillent sur le bouillonnant Faubourg, parisianisé par le haut, mondialisé par le bas, en expansion.*

Je commençai d'errer dans ces rues propices qui vont du carrefour Poissonnière à la rue Saint-Denis. La solitude et l'obscurité achevèrent mon ivresse. La nuit était nue dans des rues désertes et je voulus me dénuder comme elle : je retirai mon pantalon que je mis sur mon bras ; j'aurais voulu lier la fraîcheur de la nuit dans mes jambes, une étourdissante liberté me portait. Je me sentais grandi. Je tenais dans la main mon sexe droit.

Je ne sais pourquoi c'est là, en effet, que mes pas me portent, que je me rends presque toujours sans but déterminé, sans rien de décidant que cette donnée obscure, à savoir que c'est là que se passera cela (?)

Je suis parti le premier vers 11 heures et demie, j'avais très envie de pisser et, craignant de ne pas trouver de taxi et de devoir prendre le métro, je suis entré dans un bistrot du Boulevard, face à la porte Saint-Denis ; dans un coin, tassés près de la porte des toilettes que je peux à peine ouvrir, trois êtres indéfinissables (mi-merlans, mi efféminés) parlent d'une prostituée marseillaise (à ce que j'ai compris); un bel Asiatique tatoué (je voyais le bleu-vert du tatouage dépassant la manche courte de sa chemisette) entraînait un comparse à jouer aux flippers.

Caractère déjeté *du quartier.*

La très belle et très inutile porte Saint-Denis.

Quand tu lèves cinq doigts, c'est 50 € ?
Ui 50.

C'était la plus vieille et la plus galérienne des Chinoises du quartier. Vinyle noir de la tête aux pieds, jupe et top à zip. Masque hygiénique souillé de rouge. Lunettes de soleil (fausses Dior, j'adore).

Toi me suivre.
Non. Toi me suivre.

Elle m'a suivi (j'étais son seul client possible).

Je lui ai montré mon passe-partout spécial catacombes, métros désaffectés et autres monuments insolites prêté par une amie cataphile, mais je ne pense pas qu'elle ait compris. Ça ouvrait tout Paris ou presque, ça ouvrait en tout cas l'arc de triomphe de la porte Saint-Denis.

Oui, là. Non non, pas police, t'inquiète pas. Entre.

Elle est entrée, incrédule (elle avait passé des heures sur les scooters garés en face, elle n'avait jamais songé qu'on pouvait entrer dans l'édifice).

Bouche-toi le nez monte les escaliers ça pue la pisse désolé ça donne envie de vomir mais en haut on respire j'arrête de parler.

Elle a monté les escaliers parmi les rats. Je tournais la tête de temps en temps pour voir si elle était toujours là, dans l'ombre du colimaçon infect. Je n'aurais pas aimé être à sa place. J'aurais eu peur. Peur de suivre un détraqué.

Le toit-terrasse de la porte Saint-Denis, au crépuscule : on s'est considérés, seuls sur quelque 120 m² d'invisibilité sociale, sous le ciel de Paris en fusion.

Son visage était grossier mais ses traits avaient été fins.

Elle se tenait sur ses gardes, tremblait comme de l'essence.

Viens voir.

On s'est penchés : au nord, en ligne droite, la rue du Faubourg était un port avec ses quais et ses docks. Commerces de bouche. Déchargements alimentaires. Bars et restaurants bondés. Plaisir et marchandises. Gueux infra-humains, semi-nus ou en haillons, venus d'outre-planète. Surfers urbains, coolitude. Coolies. Soliloques d'émigrés psychotiques, bave aux lèvres. Psychiatrie et ethnopsychiatrie de rue. Tox et détox. Taxe et détaxe. Jouir / vendre / survivre.

Toi payer avance monsieur.

J'ai payé « avance » avec un billet neuf, regardé nos mains se rencontrer – mes ongles pâles, ses ongles noirs pailletés d'or certainement magnifiés dans un « bar à ongles » du quartier.

Non range tes seins.

J'ai sorti d'une housse à champagne isotherme un magnum Substance, de chez Jacques Selosse. Elle a fait : « Oh ! » Puis j'ai extrait le sabre planqué dans ma veste et elle a fait : « Ah ! » en reculant de trois mètres.

Non non, n'aie pas peur, moi juste champagne avec toi. Tu aimes champagne ?
Hihihihihi.

Elle est restée en retrait. J'ai posé la bouteille sur le rebord de la terrasse tout en tenant fermement le ventre du flacon et… j'ai lentement frotté la lame chaude contre le col de la bouteille glacée, puis j'ai lâché le tranchant, pfffttt.

Le liquide a ruisselé dans les flûtes en plastique.

Allez une pour toi une pour moi t'es mieux ici qu'à tapiner en bas ! Tchin-tchin !
Hihihihi !
Ahahaha !

Elle a trempé ses lèvres : « Très Bon ! »

Oui c'est bon ! Au sommet du plus beau monument de Paris ! Le plus négligé, le plus magnétique ! Je voulais t'offrir le champagne là où personne ne vient jamais !

Comment tu t'appelles ?
Je m'appelle Caroline.
Caroline… C'est mignon. Et en vrai ? Ton vrai nom en chinois ?
Hmmm-hmmm… Nini.
Nini… J'adore ! Ni… ni… ! Nini !
Hihihihi !
Ahahaha !
Nom à toi ?
Denis. Comme la porte !
Hihihihi !
Ahahaha !

Toi parler un peu français.
Comprendre petit peu. Leçons.
Ah, tu prends des leçons !
Ui, leçons français. République. Centre pour Chinoises apprendre français pour travailler ligne 8 ou 9 Strasbourg-Saint-Denis.
Alors à ton apprentissage du français !
Hihihihi !
Ahahaha !

Toi métier monsieur ?
Ah, tu parles ! Oui moi métier.
Informatique ? Bon métier informatique.
Presque ! J'utilise les touches !
Toi marié ?
Pas le temps à cause métier.
Enfant ?
Non, pas enfant. À cause pas de femme.
Hihihihi !
Ahahaha !

Et toi enfant ?
Ui moi fils. Âge de toi.
Chine ?
Ui lui armée Chine.
Beau métier…
Ui bon métier. Armée et informatique bons métiers.
Coupe ?
Ui, encore champagne, très bon.
Hihihihi !
Ahahaha !

Tu viens d'où ?
?
Beijin, Tshankaï, Wenzhou ?
Nan-jing !
Ah Nan-jing ! Nan-kin ! Très célèbre ! Ancienne capitale ! Porcelaine ! Ville martyre ! Les Japonais en 1937 ! Déroute du Kuomintang ! Fuite de Tchang Kaï-chek !

?
Nan-jing…
Nan-jing grand, microbes beaucoup mais moi pas malade.
Moi masque !
Hihihihi !
Ahahaha !

Autre coupe ? Substance, maison Jacques Selosse ! En mode magnum ! Tout en haut ! Au top ! Sur le *rooftop* le plus branché de Paris ! Pour sublimer l'*afterwork* !
Ui, encore champagne.
Toi tu peux plus partir d'ici et moi je peux pas aller en Chine à cause microbes.
Hihihihi !
Ahahaha !

Nini et moi on a de nouveau regardé en bas et j'ai oublié la façade, le carré monumental percé d'une arche que personne ne traverse jamais mais contourne toujours, le boulevard à ses pieds côté pile, la chaussée en demi-lune côté face, la porte immobile au milieu du fleuve, de la société, des voitures, et je ne reconnaissais plus vraiment les choses, un océan de pigeons et d'humains, d'enseignes, de toits, d'antennes, en haut, en bas, partout. On a tourné autour de la terrasse coupes en main, dans un brasier de lumière. De temps en temps son téléphone vibrait et elle le consultait, gênée.

Quel âge tu donnes à moi ?

Euh… 38.
38!… Plus.
Euh… 44.
44!… Peu plus.
49…
Plus…
Toi faire jeune!
Merci… Quel âge tu donnes à moi?
Allez, 52…
Non… moi 59.
59… qu'est-ce que tu fais jeune!
Et toi quel âge?
Euh… 32.
Toi faire plus… toi faire homme.
Homme?
Hihihihi!
Ahahaha!

Toi bon client client gentil!
Champagne?
Ui! Encore champagne un peu à moi!
Ahahaha!
Hihihihi!

Promenade dans un incendie calme, puis le boulevard vu du ciel, vers l'ouest. Où était le Rex? Voitures sans vitesse, flux. Joggers. Clochards. Une publicité pour *Fast and furious 9* sur un bandeau numérique, en fronton, au loin. Non pas un film, non pas une série, mais une «série de films». *Fast and furious* : mon ADN peut-être. Orgie de pixels dans la lumière du soir. Douceur exténuée du Spectacle. Times Square provincial. Plus proche de nous sur le boulevard Bonne-Nouvelle, je distinguais un homme rentrer les étals mobiles de la librairie d'occasion Boulinier, que j'avais connue autrement fringante il y a une quinzaine d'années sous un autre nom, *L'Équipement de la pensée.*

J'ai serré Nini contre moi. Elle m'a fixé. Nos lèvres se sont rencontrées.

Puis j'ai fini le magnum décapité au goulot et j'ai fermé les yeux.

Lorsqu'il m'arrivait de marcher boulevard Bonne-Nouvelle, j'étais sans cesse étonné, émerveillé même, par le nom de cette librairie : L'Équipement de la pensée.

La formule pour renverser le monde, nous ne l'avons pas cherchée dans les livres, mais en errant.

À quelques pas, dans une rue adjacente, il y avait un appartement illuminé la nuit, et dans cet appartement une forêt de livres qu'on pouvait lire assis dans un fauteuil en bois sculpté appelé Fauteuil du diable.

Je sentais que ma pensée avait besoin de muer, de s'équiper de nouveau. Ce soir, elle s'équipait de champagne et d'une femme sacrificielle avec qui le partager.

Denis… Denis… Tour fini… Moi partir… Moi partir devoir…
J'ai rouvert les yeux.
… ou toi petit peu argent encore?

Nini me regardait dans sa tenue d'étoile pétrolifère de la mondialisation sexuelle tarifée, un peu désolée. J'ai acquiescé. Oui, le tour était fini et je n'avais plus de champagne. Finir… Que signifiait vraiment ce verbe qui signifiait son contraire, puisque rien ne finit jamais? Moi-même j'étais en quête de la fin parfaite, de la chute parfaite, à deux pas de la fameuse Bonne-Nouvelle, qui s'annonce et s'écrit.

Tour fini… Moi partir…

Nini… Je lui ai tendu mon sabre, lui ai désigné ma nuque.
Elle a pris l'arme, y a réfléchi ses yeux, puis m'a fixé.

Cinq doigts c'est 50 €?
Ui… 50.

Ahahaha !
Hihihihi !

J'étais Denis, l'esprit et le texte des lieux.
J'étais Denis, la porte et l'escalier, le toit et l'horizon.
Je me suis penché vers le nord.

Allô ?

— *C'est moi.*
— *Qui ça « moi » ?*
— *Moi…*
— …
— *Tu ne reconnais pas ma voix ?*
— …
— *Non ?*
— …
— *Pourquoi tu ne veux plus me parler ?*
— *Vous faites erreur.*
— *Je ne fais pas erreur et tu le sais.*
— …
— *Ça me ferait plaisir d'avoir de tes nouvelles. Et toi, tu n'aimerais pas en avoir ?*
— *Laisse-moi.*
— *Tu fais quoi ce soir ?*
— …
— *Décris-moi là où tu vis.*
— …
— *Tu ne veux rien me dire ?*

— …
— *Je pense à toi souvent.*
— *Mais moi je ne veux plus penser à toi.*
— *Tu en es si sûr ?*
— …
— *Je t'attends.*

Le Virage éternel

Passé les ruines automnales de l'abbaye à la sortie de la ville, la voiture se déportait sur la droite en suivant une courbe en pente douce, puis elle longeait l'étang nocturne, bordée d'une glissière de sécurité en rondin de bois, bordée de feuillages immobiles devant la maison illuminée, et l'air coulait par la vitre baissée, empli d'une chlorophylle neuve, bienveillante.

Le volant à droite, le volant à gauche, une sorte de S inversé, un jeu légal et lent sur la chaussée déserte jonchée de feuilles mortes. Comme si celle-ci peignait de longs cheveux d'asphalte, la mèche à droite, la mèche à gauche, la raie blanche de la route soudain sur le côté.

Invisible et froide par-delà la nationale, par-delà le bois, par-delà la vie nocturne des bêtes, la mer.

La voiture sans conducteur semblait flotter, lente, précise, le volant tournant seul.

Une guirlande électrique était parfois accrochée à la maison, bâtie pour la villégiature et désormais vouée à la location saisonnière, et la guirlande clignotait, illuminant les nénuphars inertes, soudain gorgés de sang ou de pus jaunâtre couleur de lampions, près d'une plate-forme lacustre où étaient amarrés deux pédalos.

Elle portait un imper blanc, phosphorescent dans le virage.

Vous allez où ?
À deux kilomètres.
Montez.
Merci.
Vous ne montez pas ?
À l'arrière.

L'œil dans le rétroviseur je l'observais, puis de nouveau la route révélée par les phares le long des chênes, des pins maritimes, des masses granitiques obscures, des feuilles éparses, soudain un bouquet de fleurs fugitif sur la glissière de sécurité métallique, j'ai vu son imper bouger, un sein sortir, elle était nue sous son vêtement, sa main, ses doigts, deux doigts pressèrent le mamelon, du lait coula, ou était-ce l'éclat blanc d'une voiture qui me suivait.

Vous êtes en vacances ?
Non. J'étais à une soirée.
Il n'y avait personne pour vous ramener ?
Je n'aime pas déranger, ni dire au revoir.

Le spectre des phares dévorait la chaussée et dessinait une ligne droite toujours plus droite et lointaine sur la route toujours plus noire, avant une succession de virages que j'attendais, une suite de demi-cercles nerveux, le tracé d'une corniche, mais la suite de S ne venait pas et je voyais naître la route dans la violence des feux et dans le rétroviseur je vis son imperméable s'ouvrir : son ventre laiteux, ses doigts qui portaient des pierres brillantes, ou étaient-ce les pierres brillantes qui les portaient, et je crus à une ou plusieurs voitures qui me suivaient, la passagère ne disait rien, je n'entendais rien, je vis trois phalanges s'éteindre successivement dans le rétroviseur bordé de cils noirs.

Vous descendez où ?
Bientôt.

La route était immobile, rapide, et les arbres défilaient dans l'air virginal, frais, automnal, lavé, je voyais son imper blanc ouvert, ses cuisses phosphorescentes, deux phalanges scintillantes comme des ciseaux ouvrant son ventre, puis sa main soudain invisible dans son sexe noir, coupée, entrée en elle, enfoncée en elle, puis l'avant-bras glissant lui aussi, disparu,

elle se plia, se lova, s'effaça jusqu'à l'épaule, je l'entendais ne pas respirer.

Nous avons fait plus de deux kilomètres.
Nous sommes bientôt arrivés.
Vous avez une adresse ?
Non.

Dans le miroir écarquillé, je la vis peu à peu disparaître, entrer dans sa propre béance, les doigts scintillants, une main nouvelle, le poignet, le début du bras, jusqu'au coude, l'épaule, le haut du torse, et la route semblait infinie et s'étirait, sortait d'elle-même, des phares, des feuilles d'automne, et elle se penchait, se pliait, diminuait,

aspirée par
avalée dans

le virage

Il n'y aura pas de touristes, ils auront disparu avec le soir. Passé une série de lampadaires publics diffusant une fine pluie de lumière jaunâtre, la voiture franchira les ruines de l'abbaye, puis se déportera sur la droite et plongera mollement vers l'étang, vers l'écran de feuillages sombres devant la bâtisse composée de taches de lumière multicolores.

Elle éclatera dans le virage, phosphorescente, près de l'étang jonché de nénuphars écarlates et bleus, près de la maison de location solitaire, illuminée comme si elle hurlait, et j'entendrai sa voix, lointaine et comme détachée d'elle-même, de moi

Je préfère monter à l'arrière.

Je l'observerai dans le rétroviseur, oubliant la route, le défilé obscur des chênes, des pins maritimes et des masses granitiques, soudain quelques roses sur la glissière de sécurité, sans trace d'impact, sans mémoire physique de l'accident. Puis son imperméable blanc s'ouvrira, un sein apparaîtra, une main le saisira, deux doigts presseront un mamelon sombre, et du lait perlera, et sa tête se penchera vers le liquide maternel qu'elle lapera avant de se redresser, le visage indifférent, les cheveux noirs flottants sur sa peau, les lèvres maculées de blanc.

Les phares dévoreront la chaussée, une ligne droite toujours plus droite et lointaine sur la route toujours plus obscure.

Les yeux seront écarquillés sur le rétroviseur révélant son ventre laiteux, immobile, et ses doigts couverts de pierres.

Un ballet de lumières enflammera l'arrière du véhicule sur la route déserte, et je verrai peu à peu s'estomper les feux diamantins qui brûleront ses mains, et j'attendrai en vain une suite de virages

Vous descendez où ?
Bientôt.

La route sera immobile, fulgurante, le balisage axial, alternatif et fluorescent, rendu soudain continu par l'impression de vitesse, et les frondaisons trembleront dans l'air virginal, non loin du monde sauvage de la forêt, non loin de la mer invisible, et le rétroviseur verra son imperméable blanc béant sur son sexe, sa main coupée au-dessus du poignet, désormais absente, entrée en elle, scintillante encore, instable, alors qu'elle se love, se plie, s'ampute, s'enfonce, s'efface

Vous avez une adresse ?
Non.

Le miroir intérieur du véhicule sera éclaboussé des lueurs fusantes ornant les doigts de la passagère, elle-même disparaissant peu à peu dans sa propre matrice, s'absorbant en elle-même, s'autodévorant, les gemmes sur ses phalanges s'éteignant une à une, s'effaçant ainsi que le début du bras, le coude, l'épaule, puis le haut du torse, la poitrine, la clavicule,

et devant moi la route semblera infinie et s'étirera, sortant d'elle-même, des phares, de la genèse négative de son sexe

happé par
englouti dans

le virage

À la sortie de la ville, on passe devant l'abbaye maritime emplie de touristes jusqu'au début de l'automne se promenant parmi ses ruines, ses parties restaurées et ses jardins, face à la mer, dans la mémoire indistincte du labeur spirituel et agricole des moines qui la fondèrent et la firent prospérer. La route nationale qui y mène se prolonge en dessinant une courbe, peu avant un étang au pied duquel une bâtisse isolée a été construite au début du XXe siècle, une haute et austère maison bourgeoise bravant l'humidité des sols, et qui continue de le faire cent ans plus tard, à l'ère numérique.

Il fait nuit, je roule vitre baissée, pris dans l'aspiration de la courbe, baignant dans le doux parfum des végétaux après la pluie. La route est déserte à cette heure du soir. Nous flottons, le volant tourne seul.

Une guirlande électrique ceint la maison et clignote sporadiquement sur sa façade, tranchant sur son apparence austère, blême, comme involontairement faite pour le cinéma d'épouvante ou le drame plutôt que pour la location de luxe à laquelle elle est désormais vouée, peuplée de semaine en semaine par des touristes français et étrangers pouvant s'adonner au plaisir de la mer et de la forêt, derrière le lac couvert de nénuphars tour à tour jaunes ou ensanglantés.

Elle porte un imper blanc, phosphorescent dans le virage, près d'un panneau « Gîte à louer ».

Je vous dépose où ?
À deux kilomètres.
Montez.
Merci. À l'arrière.

Un scintillement : je cligne des yeux dans le rétroviseur, puis de nouveau la ligne droite, progressive, noire, ponctuée de rectangles blancs rapides le long du bois maritime, du cirque rocheux, combien de fois ai-je emprunté cette route qui me survivra ?, une gerbe de roses gît sur la glissière de sécurité puis dans le miroir intérieur son imperméable glisse, coule, elle est nue sous son vêtement, ses doigts prennent un sein, le pressent, puis elle se penche, se met à le lécher, comme pour se nourrir d'elle-même, et du lait coule, elle se met à se téter, se boire, relève la tête les lèvres maculées de blanc, une voiture nous suit aux feux mal réglés, éblouissants, ou est-ce son téléphone ? Je me retourne.

Vous habitez la région ?
Oui.
Vous faites souvent du stop seule ?

Oui.
Vous n'avez pas peur ?
Non.

Je regarde la ligne droite, le rétroviseur, la ligne droite, le rétroviseur, comme s'il m'était possible de la voir à la fois devant et derrière, ce qui se passe à l'arrière désormais visible devant, la scène sur la banquette devenue un insert sur l'écran transparent du pare-brise, sur la route enténébrée, droite, lointaine, où nous flottons. J'attends en vain la suite de virages qui permettraient véritablement de quitter la ville, la voiture penchée, le corps penché, et quelque chose m'éblouit dans le rétroviseur, son imperméable se déploie révélant son ventre phosphorescent, ses mains se rapprochent, chaque doigt couronné d'une pierre brillante, peut-être des diamants mobiles comme un défilé de voitures sur la route déserte, puis les lumières baissent non en intensité mais en nombre, comme s'il y avait soudain moins de diamants et donc moins de doigts, je me retourne et je vois peu à peu une main s'éteindre progressivement, un doigt, puis deux, puis trois, puis plus rien.

Je vous laisse où ?
Bientôt.

Au loin je devine les lacets de la route mais ils ne viennent pas et je bois l'air de la nuit après la pluie, le long du corridor végétal effondré sur la chaussée couverte de feuilles, et dans le rétroviseur je ne retrouve pas sa main disparue mais je vois son avant-bras qui glisse en elle, comme une naissance inversée, jusqu'au coude.

Bientôt ?
Oui.

Mais sa maison ne vient pas et elle penche la tête, le torse, lentement, en silence, son bras entier pivote, coulisse, fuit dans son sexe écartelé le long des arbres noirs, jusqu'à l'épaule.

Vous avez une adresse ?
Non.

Sur la voie noire qui se déploie, large, cousue en son centre par des pointillés blancs, rapides, je me retourne soudain, la vois remonter une jambe nue, amener à elle un pied nu aux ongles blancs, brillants, scintillants, l'approcher de sa fente illimitée, comme si elle cherchait à plier bagage, à disparaître dans son propre sexe, dans son propre néant, comme parvenue à destination, chez elle.

Dans le virage.

Certains textes ont connu une première publication, sous une forme différente.

Bas de casse : initialement publié en 2011 dans l'ouvrage collectif *L'Éloge des cent papiers*, à l'occasion de la San Jordi, fête d'origine catalane qui célèbre le livre, les libraires et les imprimeurs.

Rond-point à l'anglaise : texte écrit pour l'édition 2012 de la Biennale d'art contemporain de Rennes, intitulée *Les Prairies*, à l'initiative de sa commissaire, Anne Bonnin. Il fait partie de la collection *Les Aventures de Lucky Prairie*, conçue dans l'esprit des *dime novels* américains, « romans à trois sous » qui célébraient les exploits des pionnier.e.s de l'Ouest.

Femmes fumigènes : *NRF* numéro 593 (2010).

Or comme ordure : nouvelle écrite en 2018 pour l'inauguration de la Bibliothèque des futurs de Saint-Brieuc, sur le thème du déchet, aux côtés de créations d'Alexis Fichet et d'Alexandre Koutchevsky. *Or comme ordure* a donné lieu à une performance du comédien Frédéric Grosche et de l'accordéoniste Solène Normant, elle-même au centre du récit sous le nom fictionné de Nolwenn Dormant.

30 avril dans le 22 : une première version de cette nouvelle a paru sous le titre « Le Phalanstère » dans le recueil collectif *Dragon rouge* (éditions Goater, Rennes, 2020).

Composition : Entrelignes (64).
Achevé d'imprimer
sur Roto-Page
par l'Imprimerie Floch
à Mayenne, en février 2021.
Dépôt légal : février 2021.
Numéro d'imprimeur : 97834.

ISBN : 978-2-07-292981-6 / Imprimé en France.

376188